「男とするのは初めてだから、要領が悪くても見逃してくれ」
「大丈夫。俺もですから」
くすくすと柔らかい笑みをあたりに散らして、槙野が和久田の唇を吸う。

SHY NOVELS

一億二千七百万の愛を捧ぐ

綺月 陣

イラスト 水名瀬雅良

CONTENTS

一億二千七百万の

愛を捧ぐ

一九九三年五月、ついにJリーグが開幕した。

東京国立競技場《とうきょうこくりつ》、東京レックスVS横浜《よこはま》ビクトリア——サッカーが日本でもプロスポーツとして認められた、記念すべき第一戦だ。

あの日、僕は緊張していた。それはもう、言葉なんかじゃ説明できないくらいに。

小学校の入学式よりもドキドキしていた。初めてサッカーボールを買ってもらったときよりも、二年生になってやっと出場を許された公式試合初戦よりも、三年生で区大会を勝ち抜いて都大会まで進んだときより、今年初めの全国大会で最優秀選手賞——MVPに選ばれて、テレビのインタビューを受けているときよりも、その何万倍も僕の心臓は暴れていた。

これまでの十一年間を振り返っても、ここまで緊張したことは一度もない。

エスコート・キッズ——この呼び名は、小学校の入学と同時にサッカークラブに入会した僕でさえ、ほとんど耳にしたことがない。でも今日から始まるJリーグの第一節を観《み》ていれば、たぶんすぐに気がつくはずだ。試合開始前、選手たちと手をつないでフィールドへ入場する子供たちを指すってことに。

日本サッカー協会はこの第一節を盛りあげるため、全国からエスコート・キッズを募集した。サッカーファンの小学生のほとんどが、エスコート役に応募したと僕は思う。どうしてって…だって僕の知ってるサッカー仲間は、ひとり残らずそうしていたから。

もちろん僕だって応募した。当然だ。小遣いをはたいてハガキをたくさん買いこんで、サッカー協会の事務局あてに「絶対に僕を選んでください！」と太ペンで書いて何通も投函《とうかん》した。

誰だって有名選手と手をつなぎたいし、どんな形でもいいから大好きなサッカーに…Jリーグに参加したい。だからもう、競争率はハンパじゃなかったと思う。

そして厳正なる抽選と適正審査ってヤツで、ついにエスコート役が選別された。その誰もが羨《うらや》むほんの一握りのメンバーの中に――なんと僕は、入ったんだ！

ものすごい強運、ものすごいラッキー！　二か月分の小遣いをお母さんから前借りして、一円残らず全部ハガキ代に注《つ》ぎこんだ成果だ――と喜んでいたら、ホントのところは大きく違った。年初めの小学生全国大会でMVPに輝いた僕は、どうやら自動的にエントリーされていたらしい。…だったら最初からそう教えてくれればいいのに。ハガキ代、損した。

でもハガキ代のことなんて、一秒後には忘れた。それほど嬉しかった。サッカーの神様が僕を選んでくれたんだ…って有頂天《うちょうてん》になるくらいに。

でも僕のラッキーは、これだけじゃ終わらなかった。

なんと、僕は――。

コンコンとノックする音がして、僕はハッと顔を上げた。

控え室のドアが開く。入ってきたのは腕章をつけた係員。その係員がパンパンと二回手を打つと、東京レックスのユニフォームを着た子供たちが一斉にそっちへ顔を向けた。どの顔もすごく自信満々で、得意そうで……羨ましい。

「はーい、みんな静かに！」

賑《にぎ》やかな子たちを宥《なだ》める係員の声も、楽しげに弾んでいる。ここにいる全員が、今日は浮かれてしまっている。

だって、サッカーファン待望のリーグ戦が、ついに始まるんだ。あと十五分でキックオフなんだ。浮かれずにいられるわけがない。

「はーい、みんなよく聞いてね。たったいま選手の皆さんの準備が整いました。なので、これから全員廊下に出て、選手を待ちます。いいですね？」

「はーい」

元気のいい返事と同時に、僕の周りで勢いよく手が上がる。肩のあたりまでしか手を上げられずに身を縮めているのは、どう見ても僕ひとりだ。

係員が僕のほうをチラッと見た。僕は落ちつきなく動かしていた目を、慌てて伏せた。

「…体調が悪い人は、早めに言ってくださいね。競技場に出たら、トイレには行けませんよ。大丈夫ですか？」

きっと僕に訊いているんだ。僕は顔を上げずに、黙って首を縦に振った。体調は…いい。ゆうべは緊張して眠れなかったから、ちょっと寝不足かもしれないけど、でも全然眠くない。トイレだって、もうさっきから三度も行ってるけど…ちっとも出ない。

「はい、じゃあ全員ＯＫですね。では、さっきお話した順番どおり一列に並んで、静かに待っていてください。いいですね。自分が手をつなぐ選手の名前は、わかっていますね？　忘れちゃった子、いませんね？　はい、では順序よく廊下に並びましょう！」

はーいと口々に返事をした子たちが、先を争うようにドアへと走る。でも僕は、右足と左足を別々に前に出すのがやっとで、ドアを閉められる寸前に、ようやくみんなに追いつくという情けなさだ。

廊下に出ると、みんなが次第にそわそわし始めた。それでも顔はにこにこしている。嬉しくて嬉しくて我慢できないといった感じだ。…神経の太いやつらが羨ましい。

どんなに頑張っても、僕はこいつらみたいに笑えない。だって、途中でオシッコに行きたくなったらどうするんだ。足がもつれて転んじゃったらヤバイよ…なんて、余計なことばかり頭に浮かぶ。だから不安がどんどん大きくなってきて、いまにも叫んでしまいそうになる。

どうして僕だけ、こんなにどきどきしてるんだろう。

そんなの、考えなくてもわかってる。僕がエスコートすることになった選手は、僕にとってはお父さんやお母さんよりも……誰よりも特別な人だから。

その選手を初めて観たのは、テレビの中だった。

そのとき僕は、まだ五歳だった。クリスマスに買ってもらったばかりの大好きな仮面ライダーの変身ベルトを腰に巻いて、窓ガラスの向こう側でちらちら降ってる雪に向かって、小さなゲンコツを「とりゃっ、うりゃっ」と突きだしていた。

お母さんはキッチンでクッキーを焼いている。つけっぱなしのテレビ、甘い匂いと暖かい部屋に、お気に入りのオモチャ。

僕は満足していた。これ以上なにかを欲しがる気持ちなんて起きないほど幸せだった。あとは……そうだ、ヒーローごっこの敵がいれば、もっと面白いかもしれないとは思ったけど。

そんな穏やかな冬の午後を一転させてしまう出来事が、その数秒後に起きるなんて、このとき僕はまったく想像していなかった。

「えいっ！　やっ！」

短い手足をめいっぱい伸ばし、パンチとキックの連続技を決めた瞬間。

大歓声が、爆発した。

そう――――あれは絶対、爆発だ。

僕はとてもびっくりして、反射的にテレビを見たんだ。

僕の目と心は、一瞬でその人に釘づけになってしまった。

黒いユニフォームを着た、背番号5の男の人に。

テレビで流れていたのは、サッカーの高校選抜決勝戦の中継だった。男の人というより、お兄さんといったほうが正しいのかな……とにかくそのお兄さんが、すごいシュートを決めた瞬間だったんだ。

ものすごい歓声だった。怪獣がこの家をつかんで揺さぶっているみたいだった。

『ゴール！　ゴール!!　多摩《たま》第三高校、土壇場《どたんば》で同点に持ちこんだーッ！　スタジアムが揺れています！　鮮やかな弾丸シュートが決まりましたッ！』

アナウンサーが叫んでいる。サッカーをしている広い場所を囲むようにして、観客席《スタジアム》の人たちが立ち上がって、抱き合ったり腕を振り回したりしている。

たった一発のキックで、こんなにもたくさんの人たちが喜んでいるのがなんだか不思議で、驚きで、僕は自分がヒーローになりきって敵と戦っていた途中だったことも忘れ、しばらくテレビを眺めていた。

お兄さんと同じ色のユニフォームを着た人たちが、お兄さんに飛びついている。全員が笑顔で、お兄さんの髪がくしゃくしゃになるまで撫で回したり、抱きついたりしているから、僕まで嬉しくなってきた。嬉しくて楽しくて、気がつけば僕はテレビの前にしゃがみこみ、サッカーの世界に引きこまれていた。

『残り時間はあとわずか！　取り返せるか、皆川《みながわ》高校！』

ＴＶカメラが、さっきゴールを決めたお兄さんをアップで映した。画面にお兄さんの名前が出ているみたいだけど、僕はまだひらがなとカタカナをちょっとしか読めない。だから僕はお兄さんを、キャプテンと呼ぶことにした。だって、お兄さんは腕に黄色い腕章をつけていたから。あいうのをつけている人はチームのキャプテンだと、前に聞いたことがあった。

キャプテンがアップになるたび、僕の胸はドキドキ跳ねた。キャプテンが大声を出して、仲間になにか言っている。冬なのに、いっぱい汗をかいている。

ドリブルで敵を抜いていくキャプテンは、ショッカーたちを次々に倒していく仮面ライダーより強かった。キャプテンの足から出されるパスは、いつだってチャンスを呼んで、相手チームを慌てさせた。

スピード、スリル、ドキドキ感。キャプテンを見ているだけで、僕はそういう気持ちをたっぷり味わうことができたんだ。

それにキャプテンのお兄さんは、僕の知っている誰よりもかっこよかった。眉毛と目が、ちょっと怒ってるみたいにキリッとしていて、硬そうな鼻は形がよくて、ときどき意地悪そうに動く口が悪役っぽくてハラハラして、黒いユニフォームが一番似合っているところも、すごくすごく気に入ってしまった。

『残り時間は一分ッ！』

アナウンサーが叫んだ。その瞬間、敵の足元にキャプテンが滑りこんだ。僕が瞬《まばた》きした隙《すき》に、サッカーボールはキャプテンのものになっていた。

観客席が大きく揺れる。ものすごいパワーが、テレビの向こうから伝わってくる！

「キャプテンがんばれーっ！」

僕はゲンコツを振り回した。僕が騒いでいるものだから、お母さんが笑っている。

外は雪が降っている。だけど僕は、おでこに汗をかいていた。

「…あ！」

敵がキャプテンにぶつかった。いまのはわざとだ！　けど、すごいんだ。キャプテンは倒れなかった。フェイントとかいう技で敵をかわして、びっくりするほど速く走って、そして、そして、振りあげた足をボールに叩きつけたんだ！

「うわぁぁーっ！」

飛びあがって僕は叫んだ。観客席も、アナウンサーも、お腹《なか》の底から叫んでいた。

誰もが叫ばずにいられない。だって入ったんだ！　決まったんだよ、キャプテンのシュートが敵のゴールに突き刺さったんだ！

敵が慌ててボールをコートの真ん中へ戻して、急いでゲームを続けようとする。だけど一発蹴った直後、ホイッスルが響いた。短いのが二回、それから長いのが一回。

スタジアムが大きく揺れた。終わったんだ。勝ったんだ。敵にとどめを刺したのは、やっぱり背番号5のキャプテンだった。

「やった！　すげーっ！　キャプテンすげーっ！」

『決勝戦を制したのは、東京都多摩第三高校ーッ！』

おめでとう！　と、アナウンサーが何回も繰り返している。仲間たちに飛びつかれ、嬉しそうに笑っているキャプテンは、降ってくる雪を一瞬で溶《と》かしてしまうくらい眩しかった。

この日から、背番号5のキャプテンは僕のヒーローになったんだ。


だから僕は、自分でも信じられないくらい緊張していた。

でも、この状況で、この立場で、緊張しないほうがどうかしているよ。だって、まさか。

僕のエスコートする選手が、よりによって、あのキャプテンだなんて…！

「どーしよ…」

廊下の壁に凭《もた》れて、僕は両手で鼻と口を覆った。すると僕の両隣で待機しているやつらが、からかうように下から覗きこんできた。

「お前、さっきからなにビビッてんの？」

「背が高いくせに気は小《ちい》せーな」

「そんなんで、東京レックスのエスコートなんかできるのかよ」

「途中でちびるなよ。東京レックスの恥だぜ、恥」

そんな意地悪なセリフすら、僕の耳を素通りする。僕はやつらを無視して、深い深いため息をつきまくった。

ついに、会える。

五歳のときから十一歳になる現在まで、ずっと憧《あこが》れ続けたあの人に、とうとう会えるんだ。

だけど…。

想像しているよりも怖い人だったら、どうしよう。

高校時代も、二十三歳になったいまも、あの人はチームのキャプテンだ。チームメイトに信頼されていて、後輩に優しいそうだけど、マスコミに対してはすごく冷たくてキツイ言葉も吐き捨てるという両極端なウワサを、僕は知ってる。

彼が載っている雑誌や新聞は全部目を通してるし、ニュースのチェックだって忘れない。だから僕は、いろんな彼を知っている。そのせいで余計に……不安になる。

高校を出て当然のように実業団のサッカーチームからスカウトされたキャプテンは、入団後すぐにレギュラー入りしたことも手伝って、ますます自信をつけたようだった。

それは発言にも表れていて、ときおりマスコミを敵に回すような…例えば「生意気だ」とか「えらそうに」とかの批判につながっていくようなセリフを口にすることが多くなった。

それでもキャプテンは、自分が一度口にした意見を撤回したり、ごまかしたりはしなかったんだ。謝ることは彼のポリシーに反するのか、見ているこっちがハラハラするくらい、強情で頑固で…自分の信念を貫きとおす人だった。

騒ぎが鎮《しず》まらないときは、キャプテンはフィールド上のプレーを通して、そういう人たちを黙らせる。そんな意志の強さも、強引さも、僕にはとても魅力的だった。

僕も自分の所属するキッズサッカーチームでは、一応キャプテンをやっている。でも僕は、あの人のように強い姿勢を示すことに、どちらかといえば苦手意識を持っている。チームメイトに横から意見されるたび困ったり迷ったりすることなんてしょっちゅうで、コーチからは「もっとしっかりしろ」と毎日のように叱られている。

そんなときいつだって僕は、こう考える。「彼だったらどうするだろう」と。

あの人のような身も心も強いキャプテンになることは、僕の一番の夢であり、人生の目標でもあったんだ。

そのキャプテンの前で、みっともない姿は見せたくない。

彼にとっても、今日の試合は特別なはずだ。どんなに優秀な選手でも少しは緊張しているに違いないし、彼のことだから、もしかしたらイライラしてるかもしれない。

彼を怒らせないようにしたい。それにはまず僕自身が落ちつかなくちゃ。余計な緊張を解いて、彼に気に入ってもらえるよう堂々と胸を張って、はきはきと笑顔で挨拶しなきゃ。

でも、そんなこと、いまの僕には難しすぎるよ――。

選手控え室《ロッカールーム》のドアノブが回った。

周囲がシン…と静まり返る。僕は息を呑み、姿勢を正した。

僕らと同じ青いユニフォームの選手たちが、ドアの向こうから姿を現す。入場口でフラッシュが焚《た》かれる。二人、三人…選手が次々に登場する。気合いが顔に漲《みなぎ》っている。ものすごい迫力、ものすごいオーラ……！

ついに、キャプテンが現れた。

僕は雷に打たれたみたいに、激しく震えた。

よく切れる刃物を連想させる鋭い目は、高校時代とは比較にもならないほど力強い光を放っていた。痩《こ》けた頬、意志の強さを表す鼻。社交辞令よりも皮肉が似合う唇と、少し長めのワイルドな黒髪。

敵のタックルをものともしない両肩と、フィールドを自在に駆け抜ける両足。そしてJリーグ優勝候補筆頭・東京レックスを率いるリーダーの証《あかし》、深紅の腕章。

僕の世界から、余計な音が一切消えた。キャプテンの足音、キャプテンの息づかい、キャプテンの鼓動、キャプテンの瞬き——キャプテンの存在だけが、僕の全宇宙だった。

彼は僕を見つけると、まっすぐにこちらへやってきた。放心して見あげることしかできない僕に、彼は少しだけ身を屈《かが》め、その男らしい顔を近づけてきた。

ちょっと意地悪っぽく唇の端を引きあげると、僕の心の中を探ろうとするかのように、目の奥を覗きこんでくる。

僕の心臓は、いまにもはち切れそうだった。異常に速くて大きな心臓の音、絶対に聞かれてしまっている。呆れられただろうか。弱虫めと鼻で笑われてしまうだろうか。そんな根性なしは帰れと、ここから叩きだされるだろうか。

だけど現実は、僕の不安を一掃した。

意外なことにキャプテンは、鋭い目を優しく細め、微笑みかけてくれたんだ。

「きみが俺のエスコート役か？　よろしくな」

僕はぽかんと口を開けた。だって、マスコミが僕たちに伝える彼の姿と、そこから僕が自分なりに固めてきたイメージと、いま実際に目にしている笑顔にギャップがありすぎて、状況がうまく呑みこめないんだ。

まさかこんなに優しい表情をする人だなんて想像もしていなかったから、僕は困惑と感激をいっぺんに味わって、とにかく慌てふためいた。

だけど今、僕は、僕の目と心だけを通して、キャプテンを見つめているんだ――。

そう思ったら一瞬でも瞬きするのがもったいなくなって、とにかく僕は懸命に、キャプテンの顔を自分の目に写しとっていた。あろうことか目の奥をじんわり熱くしながら。

…五歳のときから憧れていました。僕はずっと、あなたに会いたかったんです。

僕はあなたの大ファンです。あなたのような強い人になりたくて、僕はサッカーを始めました。

背番号も、あなたと同じ5番です。チームではキャプテンです。頼られるのは、ホントはちょっと苦手だけど、あなたと同じポジションだから絶対に誰にも譲れません。

あなたは、僕の夢なんです。あなたを追いかけて、追いついて、いつか一緒にサッカーボールを追うことができたらいいな…って、それが僕の夢なんです――。

そんなふうに六年もかけて積み重ねてきた熱い想いを、どうしても今日、彼に言葉で伝えたくて、家で何度も練習した。

なのに一言も声を出せず、動くことすらできないなんて……サイアクだ。

そのときだった。彼の手が僕の頭に乗っかったのは。

想像以上に大きかった手に、僕の心臓がドキンと跳ねた。まるで心臓がそこに移動したみたいに、触れられた部分がドキドキした。

僕の気持ちを知ってか知らずか、彼が僕の頭を荒っぽく撫で回す。ちょっとだけ僕は悲しくなった。初めてキャプテンと話せるチャンスだからと、お母さんに頼んで美容院に連れてってもらって、かっこよくキメてきたのに、早くもくしゃくしゃにされてしまった。

だけど憧れの人にされたんだから、文句を言えるわけがないし、言うつもりもない。

そんなことを考えながらいまだ固まっている僕に、彼はまるで外国人みたいに片方の眉だけをはねあげた。テレビのインタビューで、ときどき見る表情だ。なにか悪巧みをしているような、インタビュアーをどう困らせてやろうかと策を練《ね》っているような、大人のくせにいたずら小僧みたいな顔。

僕の一番好きな表情。

ぼんやりと見つめていたら、いきなり両脇に手を差しこまれた。面食らう僕に苦笑しながら、なんと彼は僕を軽々と宙に抱きあげてしまったんだ！

「わ……っ！」

きっと僕は、耳まで真っ赤になっていたに違いない。

お父さんだってここ数年、抱きあげてくれたことなんかない。チームではリーダーだから、誰かに甘えたこともない。小さいころから背が高かったから、こんな…子供扱いされた経験なんて、ほとんどないのに。

驚きと恥ずかしさで、とっさに僕は彼の肩に両手を突っ張らせた。だけど硬い筋肉のついた肩は、強く押しても、びくともしない。

それよりも、どうしよう。触った。触ってしまった。憧れのキャプテンの肩に…。

「泣くなよ。男だろ？」

ふいに言われて、僕は目を丸くした。

そのとき初めて僕は、自分が目を潤ませていたことを知った。

まるで赤ん坊をあやすように僕を抱きかかえ、彼が目を細める。慌てて手の甲で目元を拭うと、彼は僕の背中をトントンと叩いてくれた。

「お前、俺と同じだな」

「え？」

「じつは俺も、泣きたいくらい緊張してる。…内緒だけどな」

――そう言って、彼は僕にウインクをくれたんだ。

その仕草や声が、まるで水みたいに僕の体へ染みこんでくる。

彼の優しさが、ゆっくりと体内に広がってゆく。穏やかで不思議な感覚に爪の先まで満たされながら、僕はぽつりと訊いていた。

「キャプテンでも、そんなことってあるんですか？」

当たり前だと彼が笑う。子供みたいな笑顔を間近に見て、僕はまたしてもドキドキと鼓動を急がせてしまう。

「俺だってフツーの人間だ。だからお前は、俺をサポーターたちの前まで連れてってくれ。途中で逃げださないように」

「逃げださないように？」

「そうだ。俺の首に縄《なわ》をつけてでも、フィールドへと連行する役目だ。見逃してくれって俺がお前に頼んでもだ。どうだ、できるか？」

本気か冗談かよくわからないことを言って、キャプテンが僕を床へ下ろす。それから、どう見ても緊張しているとは思えないほど柔らかな表情で、右手を差しだしてくれたんだ。

WAKUTA
5

「頼むぜ、サポーター」

「サポーター……？」

「そうだ。だってお前は、俺のサポーター代表だろ？」

言われた瞬間、僕は視界がサーッと開《ひら》けたような気がした。

僕は彼の、たったひとりのエスコート・キッズ。

背番号5のキャプテンを戦いの場に連れていくのは、僕の責務であり役目なんだった。

なのに、その彼に、逆に慰められている場合じゃない。僕は彼を勇気づけ、送りだしてあげなきゃいけなかったのに！

僕は彼の右手をつかんだ。触れた瞬間、ビリ…と弱い電気が走ったみたいな感覚がして目が眩《くら》んだけど、負けずに頭をぶるんと振り、彼の硬い手を強く握った。

「…僕は」

ぐっと奥歯に力を入れる。自然に背筋がまっすぐ伸びる。全身に力が溢れてきて、たちまち勇気が湧いてくる。

「僕は絶対に、あなたを逃がしません」

顔を起こし、僕はキャプテンを仰ぎ見た。

重なっている掌《てのひら》から、力強さが伝わってくる。緊張が、どんどん外へと押しだされてゆく。

「僕が責任を持って、あなたをフィールドまで連れていきます！」

断言すると、彼は満足そうに頷いてくれた。

「頼んだぞ、サポーター代表」

「はいっ！」

目の前に敵がいるのに、尻尾《しっぽ》を巻いて逃げるような人じゃないことを、僕は誰よりも知っている。だから僕は彼の言葉を、正確に理解できた。わざと弱音を吐いてくれたのだ、と。

僕に、勇気をくれるために。

彼を見あげ、僕は言った。初めて彼を見たときから、いつか絶対に伝えるんだと決めていた、その一言を。

「僕、あなたが大好きです」

「そうか」

短い返事。でも、震えるほど嬉しかった。だって彼は、すごく嬉しそうに頷いてくれたから。だから僕は、とても自然に告白できた。

「五歳のときからずっと、僕はあなたのサポーターです」

五歳？　と彼が目を丸くした。そんなガキのころから俺を知ってたのか？　と。見開いた目を優しく細め、僕の頭を撫でてくれた。

「だったらお前は誰よりも、俺をエスコートする義務があるな」

感激のあまり、僕は返事もできなかった。

キャプテンの手は温かかった。大きかった。強かった。その温《ぬく》もりをこの手でしっかりと確かめながら、僕は実感していた。

世界中の幸福が、いまこの体に注がれている。僕のヒーローを夢の大舞台へ案内する大役を。

僕は彼自身から授けられたんだ。いまこの体に注がれている…って。

現在の日本の人口は、推定一億二千四百万人。学校で習ったから、よく知っている。

その一億二千四百万人の頂点に、いま僕は立っている。大げさじゃなく、本気でそう思った。

そして、僕にそう思いこませてくれる彼を、誰よりも誇りに感じていた。

「時間です！」

係員の合図で、入場口が大きく開いた。関係者や報道陣が左右に分かれて道を空ける。

キャプテンが、僕を見る。僕もキャプテンをしっかりと見る。

彼の表情は眩しかった。絶対に勝つ、そんな決意に満ちていた。

彼は僕の、僕は彼の――勇気だ。

「さあ、行くぞ」

「はいっ！」

しっかりと手をつなぎ直し、僕は憧れの人とともに大きな一歩を踏みだした。

待っていたのは、たくさんのライトと大歓声。一瞬怯《ひる》んだ僕の手に、彼が力を注いでくれる。

その手をぎゅっと握り返し、深呼吸して、僕は堂々と胸を張った。

夢のような時間だった。

彼の強さと優しさと、あの日の手の温もりを、僕は生涯、忘れたくない。

彼は僕の栄光であり、誇りであり、名誉だから。

この想いは永遠に変わることはないと、あの日、僕は確信したんだ——。

◆◇◆

「降ってきやがったか」

銜《くわ》え煙草《たばこ》のまま舌打ちし、和久田壮平《わくたそうへい》は薄っぺらい綿のコートの襟を立てた。

むずむずする鼻を無造作に擦り、両手をポケットに突っこみ、いつものように背を丸める。

和久田にとって梅雨《つゆ》は最悪な季節だ。ただでさえ陰気な一日が、実際に悪臭を放つからだ。

新宿《しんじゅく》の…とくに歌舞伎町《かぶきちょう》のメイン通りから奥へ一本入った路地は、そこだけやたら湿度が高い。アスファルトやコンクリートに街全体が封じられているせいで、湿気や風の抜け道がどこにもないからなのだろう。

だが、日の当たらないそこここに黴《かび》が増殖しようとも、都や区が対策を練ることはない。役所の連中は国民から吸いあげた公金を自分の懐《ふところ》に流しこむ作業で忙しく、一般人の生活向上に時間を割《さ》く余裕などないのだ。

とくにいま和久田が向かおうとしている路地裏の地下スナック『LEON《レオン》』周辺の環境は、かなり劣悪だ。前後左右をビルに囲まれ、三百六十五日、太陽の恩恵をまったく受けられないだけではなく、細い路地を挟んだ向かいはソープがずらりと並んでいるため、空気も妙に生温《なまぬる》い。原因は、ソープの排水溝から休みなく流される使用済みの温水だろうと、和久田は勝手に決めつけている。

泡まみれの湯に入り交じるのは、男たちの体液。毎晩のように側溝に嘔吐《おうと》してゆく泥酔《でいすいきゃく》客らの胃液臭。それら排泄物や吐瀉物《としゃぶつ》が、雨が降るたびに独特の臭気を立ちのぼらせるのだ。まるでネズミかなにかの死骸《しがい》でも転がっているのではないかと疑うほどの不快さで。

長年かけて染みついたその臭いは、デッキブラシで擦ったところで削《そ》ぎ落《お》とせるシロモノではない。そのくせ小雨が降りでもすれば、それら悪臭が階段下にあるLEONのドア付近にまで下りてくるのだから、店側はたまったものではない。

築二十五年という二階建てビルの地下にある、薄汚れた寂しいバーだ。新しい常連客を期待しているわけではないし、いまさら体裁《ていさい》を気にしても無駄だとわかっている。だが、出勤のたびに気が滅入《めい》り、和久田のストレスは蓄積する一方だった。

こんな冷めた気持ちでありながら、よくぞ一年近くも勤務していられるものだと、自分でも感心する。だがその一年のうち、一日たりとも愉快な気分で出勤できたためしはない。ただ、幸か不幸か、この職場に愛着を抱いていないため、いつクビになっても一向に構わないと思いながら働いている。案外そういった惰性こそが長続きの秘訣なのかもしれない…と、和久田は自嘲した。

　雨脚が、やや強くなる。和久田は足を急がせた。

　悪臭の吸引を避けるため、地下へと続く階段の手前で和久田はいつものように息を止め、一気に下りた。湿気を含んだ重い木のドアを押し開くと、狭い店内にカウベルの音が鳴り響いた。

　薄く流れているのは、レオンという名のブルース歌手の歌声だ。この店の名前『LEON』の由来だと、勤務の初日に同僚の島田《しまだ》から教わった。さして特徴も魅力もない、怠惰な歌い方だ。だが、人々から忘れ去られたようなこの店には、もっとも相応《ふさわ》しい歌声かもしれない。

　カウンターの奥でグラスを磨いていた島田が、目で来訪者を確認した。客ではなく日払いのアルバイトだと知るやいなや、印象の薄い能面のような顔に、疲労と不満の色を濃く滲《にじ》ませた。

「ちょっと和久さん。いま何時だと思ってんの。三十分押しだよ、三十分」

「すんません」

「謝ればいいってもんじゃないでしょ。困るよ、そんな勤務態度じゃ。オーナーにどう説明しろっての。新しいバイトに替えてくださいって頼んじゃっていいの？」

　自分とて雇われのくせに、勤務歴三年を誇る島田の口調は居丈高だ。

「和久さん、あんたさぁ、三十分遅刻しても時給半分貰《もら》えるとか思ってたら大間違いだよ。俺、オーナーから言われたことあるんだよね。一時間フルに働いて、初めて時給制が成り立つんだってさ。そこんとこ、ちゃんとわかってんの？」

「すんません」

遅刻したのは事実なのだから、弁解する気はない。だが、繁忙時刻の夜九時を過ぎても、ひとりの客もつかまえられないレベルのバーテンから説教されても、その言葉は一向に心に響かない。島田自身もそれがわかっているからこそ、日増しに説教がくどくなるのだろう。いわゆる「八つ当たり」という短絡的なストレス解消法だ。

「和久さん。あんたさ、もう三十四？　五だっけ。どっちにしても俺より十一コか二コは上なんだから、もうちょい社会人としての自覚を持ってさぁ、将来のこととか真面目に考えて生きたらどうよ。え？」

この程度の生活を頑《かたく》なに守って生きる日々が、どれほど惨《みじ》めで見苦しいか、頂上からの景色を知らない島田には…そこから真っ逆さまに転落する恐怖と絶望を味わったことのない者には、想像もつかないのだろう。

考えも及ばないからこそ、気軽に「将来のことを真面目に考えて生きろ」などと、浅い言葉を吐けるのだ。

神妙な面持ちで黙している和久田を、島田は「反省している」とでも勘違いしたらしい。苦笑交じりに、的はずれな歩み寄りを口にした。

「なぁ和久さん。志保里《しおり》ちゃんわかる？　志保里ちゃん。ほら、二か月前に二階のバーに入った、胸の超デカい可愛い子。あの子が和久さんのことをさぁ、イイ感じって言ってんだって。ああいう陰のある人ってタイプなのーだってさ」

三十代半ばにして、和久田は早くも人生に疲れ果てたような顔をしている。そんな冴えない男に胸をときめかせる女の存在が、島田には奇妙で愉快でたまらないのだろう。さっきから小刻みに肩を揺らしている。

「いや実際さぁ、俺も思うよ？　着るもんとか髪とか気ィ使って、その無精髭《ぶしょうひげ》もカッコつけて整えたら、和久さん、かなりイケるんじゃねーのって。ホントホント嘘じゃないって。バーニーズのスーツ着てオモテに立ったらさ、ずいぶん女の子釣れるんじゃないの？　その子たち連れてきてくれればさぁ、この店だって賑わうし。そしたら和久さんだって働き甲斐ってもんが生まれるでしょ。ね。どーよ俺のアイデア」

「スーツを買う金なんかない」

「なに言ってんの和久さん。あんた結構女に貢がせてんでしょ。知ってるよ俺。そういうの昔はジゴロとかいったんだよね。いまじゃホストだけどさ。ホストクラブで働いてないだけで、やってることは一緒っつーの。スーツ、女に買ってもらいなよ。な？」

和久田は繁盛とか働き甲斐とか、そんな前向きなスタンスをＬＥＯＮに望んではいない。和久田にとって、他人ほど煩《わずら》わしい存在はない。だからいっそ客など来ないほうがいいのだ。そうすれば誰にも会わずに酒が飲めるし、飲めば一時は現実から解放される…からこそ、客入りの悪いこのスナックに身を寄せる気になったのだから。

だから、万が一にもこの店が賑わうような天変地異が起きようものなら、和久田は即座に荷物をまとめてここから逃げだし、別の隠れ家を探すしかない。誰も来ない、黙っていても時間を潰せ、酒に溺れていられる場所を。

ただ、そんなふうに逃げてばかりいれば金に困るのは当然で、馴染みの女のアパートに転がりこむのは仕方のない選択だった。

和久田を養うためなら、女たちは身を粉《こ》にして働いてくれる。その理由は、どうやら島田の言うとおり、和久田の容姿やその排他的で孤独なムードにあるようだ。

人生に疲れた男というものは、ある種の女の母性本能を強烈にくすぐるものらしい。「放っておけない」とか「あの人には私が必要」など、こちらが頼みもしないのにベッドや衣服を提供し、食い物と酒を常備して、ポケットに小遣いをねじこんでくる。ただし、他の女を買って遊ばないよう、煙草代程度と決まっているが。

落ちぶれる前も落ちぶれてからも、相変わらず女は寄ってくる。が、寄ってくるタイプや種類は明らかに変わったし、昔なら素直に浮かれたものを、いまは煩わしいとしか感じられない。そのあたりに、和久田自身が歩んできた人生の歪《ゆが》みが反映されているようにも感じる。

女に貢がれるたび惨めさに苛立ち、ますます荒《すさ》む和久田に、さらに女が同情する。悪循環も甚《はなは》だしい。だが和久田自身、そんなふうに堕落してゆく現実に晒されながら、どうすることもできないのだ。立て直すだけの気力は、もはや完全に失せている。

きっと、このままずるずると堕ち、惨めに老いてゆくのだろう。生きることを心のどこかで負担に感じながら、寂しい人生を終えるのだろう。

和久田は自分の人生を、二十五年で使い果たした。意気揚々と海外に乗りこんだ二十五歳のあの日が、己の頂点だったのだ。

それを痛いほどわかっていながら、まだ生き続けているのはなぜだろう。その答えを、果たしてこの先、見つけることができるのだろうか。

生きる理由とやらが、まだ残されているのだろうか——。

口を閉ざしたままの和久田に、島田は業《ごう》を煮やしたらしい。とたんに表情を険しくし、大げさに息を吐きだした。

「あーもう！　なにボーッと突っ立ってんのさ和久さん。いいかげんさぁ、着替えてくるとかしたらどーよ」

「…すんません」

口癖になってしまった謝罪を口の中でぼそりと吐き、和久田はカウンターの横を抜け、奥の従業員室へと重い足を運んだ。

ねじの弛《ゆる》んだノブをつかみ、ドアを開くと、和久田は無言で中へ入った。三畳ほどの狭い部屋に所狭しと押しこまれているのは、従業員用の制服がかかった可動式のハンガーが一台と、パイプイスが一脚だ。あとはコーヒーの空き缶とペットボトルが乱雑に置かれた小さなテーブル。アルミの灰皿には吸《す》い殻《がら》が山のように盛られ、いまにも崩れそうだ。

雑誌が高々と積みあげられた向こう側には、14インチのテレビが一台。先ほど和久田に社会人の心得を説いておきながら、島田は今日もテレビのスイッチを切り忘れている。

いま小さな画面に流れているのは、高級外車のCMだ。あまりにもこの場にそぐわない。だが昔の和久田は、あれよりも高価な車を所有していた。もうとうの昔に換金し、生活費に消えてしまったが。

いまは通勤のための切符代さえ、渋る自分がいるばかりだ。

時代は変わり、自分も変わった。そういうことだ。どんな特別な人間も、決して昔には戻れない。そこだけは貧富の差に関係なく平等だ。それに和久田は戻りたいなどと願ったことはない。なぜなら、昔の自分を記憶から消去することで、辛《かろ》うじていまを生きていられると思うからだ。

テレビに背を向け、和久田は湿ったコートをハンガーにかけた。代わりに黒いベストを下ろし、女のアパートを出るときに着てきたドレスシャツの上に重ねる。シャツのボタンを首まで留め、似合わない蝶《ちょう》ネクタイを巻き、だらしなく伸びた髪を適当に指で梳《す》き、首の後ろでひとつに束《たば》ね、ゴムで縛る。

ふいに背後で歓声が沸いた。無意識に和久田はそちらへ顔を向け、ああ…とわずかに落胆する。スポーツ中継だ。プロサッカーのJリーグ。いまちょうどゲームが終わったらしい。2対1で東京レックスの勝利だ。

ヒーローインタビューのステージに、一人の若者が招かれている。短い髪をアッシュブロンドに染めた、精悍《せいかん》な顔立ち。彼を濡らしているのは、汗と雨の両方らしい。

『おめでとうございます槙野《まきの》選手！　土壇場《どたんば》で、見事なシュートが決まりました！』

『はい、ありがとうございます！　最高に気持ちよかったです！』

やたら清々しい第一声だ。顔も技術も秀でているうえに、人格まで優れた好青年か。和久田のような逆方向に三拍子揃った人間からすれば、視界に入るだけで不愉快な存在だ。爽やかな笑顔、若々しい声。見事に自分とは共通点がない。

それにしても昨今のサッカー選手は、まるで芸能人のようだ。入団テストでは、技能審査の他にタレント適性検査でもあるのではないかと、そんな疑いまで抱いてしまう。

なんにせよ一昔前のスポーツ選手とは、己の容姿の磨き方に差があることは確かだ。この青年にしてもアイドルのような甘いマスクにセンスのよさを匂わせていて、相当の人気者だろうとの想像は容易い。

和久田はテーブルに手を伸ばし、置きっぱなしの島田の煙草を無断で一本失敬した。唇に挟んで火をつけながら、蔑視にも似た視線をテレビに据える。

『ディフェンダーのミスを誘った、技の効いたシュートでした。事前に監督から指示が？』

『いえ、自分の判断です。チャンスがあれば、いつでも切りこむつもりでいました』

自分の判断と言い切るあたり、相当自信があるようだ。だが、語る表情や物腰が柔らかいため、決して嫌みに聞こえない。実直な印象ばかりが、うまく前面に押しだされている。

「マスコミ受けするタイプか。得な性格だな」

フンと和久田は鼻を鳴らし、煙草の煙を深々と吸いこんだ。なにを言っても…言わなくても、敵を増やすばかりの和久田とは大違いだ。

『それにしても、今回もフェイントが冴えてましたね。右に出る者なしといった感じでした』

『ありがとうございます。今日はみんながボールを前に集めてくれたので、ホントにラッキーでした。みんなのおかげです。それに尽きます』

チームメイトを讃《たた》えるセリフも忘れないとは、ちゃっかりしている。幸運に恵まれた者だけが持てる余裕の技だ。

観衆は、そういった彼の態度をフェアプレー精神の表れだと評価するだろう。それがサッカーファンであり、自らを十二番目の選手だと主張する、サポーターという特殊な人種の思考回路だ。いまだ鳴りやまない喝采を一身に浴びながら、槙野とやらが恥ずかしげもなく声を張る。

『サポーターの皆さんのおかげでチームのいまがあるということを、すごく実感した一戦でした。七月からはまたJ1のリーグ戦が始まります。一か月ほど間が空きますけど、どうか応援よろしくお願いします！　雨の中、最後まで本当にありがとうございましたっ！』

観客席で旗が揺れる。若きヒーローを讃える応援歌が上空に響き渡る。

選手と観客が一体になっている光景を見せつけられて、和久田は再び鼻を下品に鳴らした。

「持ってるヤツは持ってんだよ。地位も運も、全部」

煙を乱雑に吸いこみ、苦々しく頬を歪める。

嫉妬しているわけではない。哀れんでいるのだ。ちやほやされるのも今だけだぞ…と。トップに立ったところで、所詮《しょせん》いつかは誰かに抜かれ、転落する。それがスポーツ界で生きる者の宿命だ。

和久田はそれを知っている。だから、いま絶頂期にいるであろう青年を不憫《ふびん》に思うばかりだ。頂点など、知らないほうが幸せなのに…と。

『槙野選手、最後にひとつだけお願いします。いまイタリアのチームからオファーがきているというのは本当でしょうか。移籍となれば東京レックスが相当の痛手を受けると予測しますが、そのあたりは…』

ガンッとドアが荒っぽい音を立てた。向こう側から島田が蹴ったのだ。和久田は煙草を急いで吸いきり、焦げたフィルターを灰皿に押しこんだ。

インタビュアーの質問に、槙野がどう答えたのかは知らない。少し困惑した表情の彼が口を開くより先に、和久田はテレビのスイッチをオフにした。

スナック『ＬＥＯＮ』の営業時間は、夜七時から朝の五時まで。新宿駅から始発が発車するころに、ようやく閉店の札が下がる。

薄暗く狭いＬＥＯＮの店内は、Ｌ字型のカウンターに止まり木が五脚、そして壁際にテーブルとソファのセットが二組、隣り合わせているだけだ。あとは旧式のカラオケ機材と、誰かが音を鳴らしているところなど見たこともないアコースティックギターとアルトサックスが一本ずつ、ペンダントライトの光も当たらない片隅で埃を被ったまま放置されている。

床一面に敷かれたワインレッドの絨毯《じゅうたん》は、ところどころに小さな焦げ目ができている。これといって特徴のない、古さばかりが目につく店だ。

こんな、時代から取り残されたような店であっても新宿の地に生き残っていられる理由は、この建物の二階にあるバー『mama《ママ》ノリコ』のホステスたちが、ときおり客と一緒に地下へ下りてきては、数杯飲んでくれるからだ。同じ建物で働く者同士、持ちつ持たれつ身を寄せ合いながら……は、古くからの歌舞伎町の住人であればごく当然の近所づきあいらしい。

下の店が潰れれば、上の店の客足にも影響する。とくにこのＬＥＯＮのある路地裏の並びは、その環境と衛生上、健全な新規店の誘致は困難を極めている。反面、暴力団の息がかかったようなカジノやぼったくりバーなら、空きさえあれば簡単に乗りこんできそうな雰囲気だ。だからこそmamaノリコ側としては、無害なＬＥＯＮになんとしても踏ん張ってもらわなければ困るといった裏事情もあるのだろう。

それでなくてもこの界隈は老朽化した建物が多く、いつ東京都や区から立《た》ち退《の》きを命じられるかわかったものではない。そんな不安を抱えながら、それぞれが毎日をやり過ごしているのだから、戦友に酒代を投資したくなるのは感情の流れとして共感できる。

壁の時計が深夜の三時を指したころ、今夜もmamaノリコの女たちがやってきた。

カウベルを鳴らして入ってきたのは熟練ホステスのエミと、先ほど島田が噂していた志保里だ。それぞれ中年サラリーマンを一名ずつ、まるで痴漢《ちかん》を警察に連行するかのように、しっかりと腕を組んで捕獲している。

「和久ちゃーん、お通し四つねー」

席につくより先に、エミが嗄《か》れた声を発した。飲むまでは絶対に帰さないと言わんばかりの脅《おど》しめいた意思が、その第一声から窺《うかが》える。

と、なにがそんなにおかしいのか、突然エミがケラケラと声を弾かせた。見れば客の右手が、肉づきのいいエミの腰をくすぐるように蠢《うごめ》いている。

「やだもぉ専務さんったらぁ。そんなとこ掴まれたら、ウエスト太いのバレちゃうじゃない」

エミが専務に身を浴びせるようにしてソファに座った。すかさず専務がエミの太腿に左手を置く。が、その手をエミにつねられて、わざとらしく痛がってみせる。

爆笑する四人から目を背け、和久田は小皿を四枚用意し、そこに乾きものを少量ずつ取り分けた。客を連れてきてくれるのはありがたいが、和久田にとっては苦痛の時間だ。酔いに任せて女の体を撫で回す男を見ると、過去の自分を見ているような不快感に襲われる。

金は天から降ってくるものだと錯覚していたころ、和久田も彼ら同様に、足も舌も縺《もつ》れるまで酒を浴び、朝まで女と遊んでいた。

馴染みの店で新人ホステスを紹介されるたび、指導と称して彼女らを誘い、地位と容姿に物を言わせ、金を強引に握らせて、一度抱いてはすぐに捨てた。同じ女を二度抱くことは、自分のような特別な人間にはそぐわないことだと本気で考える、自意識過剰で悪質な人間だった。

いまにして思えばバカだった。完全に調子に乗っていた。二十五にもなりながら、自分は神から選ばれた特別な存在だと頭から信じこんでいたのだから。

いま自分は、ホステスたちの庇護を受けずして生きられない。和久田の生活力では安アパートを借りる金さえ工面できず、LEONで寝起きしていることを知ったホステスが深情けをかけてくれ、ようやく手足を伸ばす場所を得ることができたのだ。

ありがたいと感謝しつつも、内心それが悔しくてならず、施しを受けるたび惨めさが増し、だがそういった感情を吐きだすことも叶わず、次第に呼吸が浅くなり、苦しさのあまり寡黙《かもく》になる。

「和久ちゃん、専務さんと課長さんがボトル入れてくださるって。ねぇ和久ちゃん！」

焦《じ》れた声音でエミに呼ばれ、和久田はハッと顔を起こした。つまみを用意する手が、途中で止まっていたようだ。慌てて和久田は小皿をカウンターの上に置いた。手際の悪い和久田を見かねたのだろう、志保里がこちらへやってきた。顔も体も小さいわりには胸だけが奇妙に大きい、アンバランスな体形の女だ。豊胸手術をしたのは一目瞭然。その志保里が苦笑を浮かべ、小皿をテーブルへと運ぶ。そしてカウンターへと戻ってくると、そっと和久田に囁いた。

「お酒、あたしが作るからいいよ。和久ちゃんはボトルとグラス用意して」

言われて和久田は頷いた。新しいボトルの封を切る和久田を、志保里が無言で見つめてくる。

じつは和久田は、志保里が苦手だ。一度成り行きで体を合わせたことがあるのだが、それ以来、志保里はやたら和久田の世話を焼きたがる。恋人というよりは、まるで妻にでもなったかのような湿度の高い感情を瞳に語らせ、こうして黙って和久田を見つめ続けるのだ。

そう、ちょうどいま、目の前で見せているこの表情…この目に和久田は一時、とある疑いを抱いた。もしかして志保里は、和久田の過去を知っているのだろうか…と。だが、まだ二十歳《はたち》になったばかりの小娘が、十年も昔の社会情勢に精通しているとは思えない。

とにかく他人を避けて暮らしたい和久田にとっては、執拗に観察されること自体が苦痛だった。ただひたすら居心地が悪い。

物言いたげな目を和久田に添え、志保里が静かに微笑んでみせる。その間合の計り方は、懐《なつ》かない野犬を飼い慣らそうとする調教師にも似ている。

カウンターにボトルを置くと、それに手を伸ばして志保里が言った。

「氷もお願いしていい？」

「ああ」

素っ気ない和久田の感情がどこにあるのか探るように、志保里が一語一語に力をこめる。

「グラス、あたしが運ぶね。いい？」

「ああ」

和久田の返答のなにが気に入らないのか、志保里の目に不満が過《よぎ》った。カウンターに身を乗りだすと、志保里はまるで極秘情報を伝えるスパイのように素早く左右に視線を走らせ、声を潜めた。

「ねぇ和久ちゃん。島田くん、今夜も先にあがっちゃったの？」

「……ああ」

「和久ちゃん、たまには島田くんに言ってくんないかな。今週なんて、ラストはずっと和久ちゃんでしょ？　一度もあたしと一緒に三時にあがってくれないんだもん。つまんない」

ねだるような目で和久田を見た志保里が、赤く塗られたふくよかな唇を尖らせた。

ちょうど一か月前になるだろうか。

和久田が志保里と、下肢を繋いだのは。

閉店前のＬＥＯＮに、志保里がひとりでやってきた日の……未明に、そこのソファで。

悪いのは志保里ではなく、きっと和久田だ。どんな女も抱けば変わると知りながら、手を出してしまったのだから。

『なにかあると怖いから、コレいつも持ってるんだ。殺されるより犯されるほうがマシだもん』

なにを思ったたか、志保里がバッグの中から取りだしたのはコンドームだった。

『和久ちゃん、あたしみたいなタイプ、嫌い？』

だから和久田は手を伸ばした。志保里など、さして興味もなかったのに。

『初めて見たときから、和久ちゃんのこと、いいなって、思っ、てた…の。寂しそうな人…好き。志保里のおっきなおっぱいで、慰めてあげたく…なっちゃ、う、ぁん、和久ちゃん、あ…！』

達したあと、志保里は解けた和久田の髪を指で梳きながら微笑んだ。手に入れたとでも言いたげな、その余裕の表情を見た瞬間、和久田の体と心は一瞬にして萎《しぼ》んでしまった。

『寂しいときは、いつでも志保里を抱かせてあげる。志保里のおっぱい触らせてあげる…』

やたら胸を強調する言い草も、和久田には不快でならなかった。

尽くすことを喜びと感じるあたり、根は古風な女なのだろうとは思う。和久田としては単に生理的欲求の赴《おもむ》くままに、唐突に出したくなっただけの話だが。

コンドームを渡されたから、受け取っただけ。嫌いか？　と訊かれたから、好きでも嫌いでもないと答える代わりに抱いただけだ。それ以上でも以下でもない。

あえて言うなら、どんな理想的な体であっても、作り物にはわずかな魅力も感じない。

そんなふうに志保里との関わりを思い出しつつ、最近の態度を疎《うと》ましく感じているところへ、和久田にとっては助け船のエミの声が飛んできた。

「ちょっとぉ、なにふたりで世界つくってんのよぉー。志保里ちゃんたら、課長さんが寂しがってるじゃないのよぉ」

エミが柳眉《りゅうび》を吊りあげる。ごめんなさいと口早に謝った志保里が、ちらりと和久田を盗み見る。視線すら合わせようとしない和久田に、志保里がわざとらしいため息をつく。苛だったようにグラスを手にし、さっさとソファへ戻っていった。

そのとき、ふいにドアの向こうが騒がしくなった。

複数の、若々しく賑やかな声が聞こえる。女の声はない。男ばかりの集団のようだ。狭い階段を勢いよく下りる大勢の足音がしたかと思うと、もう次の瞬間にはLEONのドアが遠慮なく開け放たれ、カウベルが荒っぽく鳴り響いた。

同時に、大柄な若者たちが次々と店内になだれこんでくる。

「おー、開いてる開いてる、レオナルド！」

「違うだろ。ここ、レオンって書いてあったぜ」

「いーんだよ、レオナルドの愛称はレオンだろ？　だからこの店で一杯飲む。決まり！」

「うげー、これってほとんどバツゲームじゃん」

礼儀知らずな言葉を吐く若者たちは、どれも初めて見る顔だった。場の空気を完全に無視した騒々しさは、LEONとまったく相容《あいい》れない。なのに彼らは、自分たちが場違いな存在であることを少しも気に留めていないようだ。

「すいませーん、四人座れる？」

全員が二十代だろうか。中でも一番年上の…二十七、八の茶髪頭が、和久田に馴れ馴れしい口調で問いかけてくる。もうかなり酒が回っているらしい。

「ねぇバーテンさん。今日のJリーグ観てた？　あ、仕事中だから無理か。俺たちさぁ、ここで三軒目。サッカー選手の名前と同じ店探して、男ばっかで飲み歩いてんの。つまんねー」

内輪ウケの爆笑が弾ける。他のお客様に迷惑ですから…と和久田が注意を促すより早く、彼らは勝手にソファ席を陣取り、隣席の志保里とエミに声をかけ始めた。

「ねぇお姉さん。ひとり、こっちのテーブルについてよ」

「あら残念。LEONにはホステスなんていないわよ。あたしたちは二階のお店に勤めてるの。mamaノリコのエミでーす。こちらは志保里ちゃん。よろしくぅ」

エミはやんわりと誘いを断りながらも、店の宣伝を忘れない。見ればその目は、青年たちひとりひとりを値踏みするように素早く動き、光っている。

確かに全員、揃いも揃って体格がよく、おまけに二枚目ばかりだ。着ている物も一目で品質のよさが窺えるうえにコーディネートの目も高く、不思議な存在感を醸《かも》しだしている。風格といってしまうのは少々褒《ほ》めすぎだろうが、それでもこの若さにしては珍しいほど堂々としている。たぶん芸能関係者だろうと、和久田は勝手に結論づけた。小さくて名もない店だが、場所柄そういった客が紛れこんでも不思議ではない。

そんな中、専務がおもむろにエミの肩を引き寄せようと腕を伸ばした。エミはそれに気づきながらも、さりげなく抱擁を躱《かわ》してしまう。エミの興味の対象は、早くも隣の若者たちへと傾きつつあるらしい。

先ほどの茶髪が、図々しい交渉を口にする。

「いいじゃないすか、どこのホステスでも。せっかくだから仲良くしようよ。いいよね、おじさん。ひとり貸して」

「貸してってねぇ、きみたち、人をモノみたいに…」

ムッとする専務を、別の若者が「まぁまぁ」とたしなめながら立ちあがり、ちゃっかりエミの隣へと移動する。茶髪も志保里の隣にぴったりと寄り添い、先客のテーブル席に割りこんでゆく。ソファの端にも座れない残りのメンバーのうちひとりは、勝手にソファを移動させ、強引に輪の中へ入ってしまった。

茶髪がエミのグラスを手に持ち、高らかな笑い声を響かせて場を仕切る。

「んじゃおじさんたちもご一緒に。俺たちの勝利に、乾杯～！」

「乾杯っ」

エミや志保里だけでなく、無理やりサラリーマンたちにも祝杯を促し、若者たちが酒を呷《あお》る。だがその酒は、さっき専務が入れたばかりのボトルだ。そんな専務の怒りの矛先《ほこさき》は、客が困っているのに止めもしない、気の利《き》かないバーテンダーへと必然的に向けられる。

「おい、なにやってんだ！　早くグラスを追加しろ！」

怒鳴られて和久田はぺこりと頭を下げ、棚からグラスを四つ下ろした。

声を荒げられても、急に忙しくなっても、若者たちが馬鹿笑いしていても、感情が錆びついてしまっている和久田にとっては、起きることすべてが…磨《す》りガラスを一枚隔てた向こう側の出来事のようにしか感じられない。

「和久ちゃん、あたし、手伝うね」

志保里が腰を上げたが、若者たちがそれを阻止する。

「志保里ちゃんは座ってなきゃ」

「バーテンさん、俺、ウィスキーのハーフロックね」

「あ、こっちはバーボン。ダブルでよろしく」

「ミネラルも一本持ってきて」

「つまみ、なんか作れる？　俺、腹減っちゃって」

「俺も。なんでもいいから適当に持ってきてよ。急いでね」

和久田は黙って手を動かした。怖いもの知らずの若さは苦手だ。弾けるような陽気さも、その気楽さも。

和久田は意識して彼らと視線を合わせるのを避け、言われるままにオーダーをこなした。

心を無にして動いていれば、一日なんてすぐに終わる。いまこの時間も、すぐ次の瞬間には過去と呼ばれてしまうように。

「あの…」

ごく間近から、遠慮がちに声をかけられた。

和久田は手を止め、目だけをそちらへ動かした。ひとりだけ客たちの輪から外れていた青年が、いつの間にかカウンター席についていたのだ。

カウンターを挟んだホール側は、和久田の立つ内側よりも、床が一段高くなっている。そのやや高い位置から青年が身を屈め、和久田を覗きこむようにして詫びの言葉を口にした。

「すみません、せっかく皆さんで静かに飲んでいらしたのに。いきなり…その、こんな賑やかになっちゃって。俺、グラス運びます」

常識人がひとりだけ交じっていたらしい。和久田は前髪の隙間から、その若者を確認した。

カウンターに突いた腕…その手首には、細く編んだレザーのバングルが数本巻かれている。目線を上にずらしていくと、Vネックの白いTシャツが確認できた。首には細い鎖とレザーのチョーカーが一本ずつ。明るい色のショートヘアは軽くワックスで立たせてある。優しさを前面に押しだした甘いマスクには、ほんのりと男らしさが漂っている。

ふと、和久田は眉を寄せた。この青年をどこかで見たような気がしたのだ。

和久田は過去に自分と関わりのあった顔を、覚えている範囲で脳裏に並べてみた。だが一向に思い出せない。テレビかなにかで目にしたのだろうか。ということは、やはりタレントかモデルなのだろう。

作った酒を和久田がカウンターに置くたび、青年が甲斐甲斐しくテーブル席へと運んでくれる。その態度や、ときおり交わされる会話から察するに、テーブル席のメンバーは青年の先輩に当たるらしい。

「すみません、あの、先輩たちがつまみを欲しがってまして…」

「いま作るところです」

憮然と言い、和久田は皿にクラッカーを並べた。その上にクリームチーズやカットしたバターを少量ずつ載せる。あとはピクルスやレーズン、スモークサーモンやアンチョビなどを飾り、三種類ほどのスナックを手早く用意した。和久田がそれをカウンターに置くより早く、青年が長いリーチを伸ばし、皿を軽々と片手で持ち上げた。

「あ、すごく美味《うま》そうですね。とくにこのアンチョビが載ったやつ」

皿に並んだクラッカーを見て、青年が子供のように表情を綻《ほころ》ばせる。

「俺、昔はアンチョビって苦手だったんですよ。妙に塩辛いし生臭いし、オイルでベトベトだし。でも合わせる食材によって、すごく美味くなるって雑誌で読んでから、大好物になりました。いまはもう、これナシじゃパスタが物足りないくらいです」

へえ…と和久田は眉根を上げた。アンチョビのパスタなら、和久田も昔から目がない。

「…私もですよ」

「え?」

「私もアンチョビは好物です。アンチョビのパスタもアンチョビのピザも、何度食っても飽きなくてね。とくに煙草を吸いすぎて舌がざらつくと、無性にコイツを舐《な》めたくなりますよ」

じっと和久田を見つめていた青年が、カウンターに手を突いて身を乗りだす。

「…もしかしてこのアンチョビのスナック、バーテンさんのオリジナルですか？」

軽く頭を振って認めると、青年が目尻を下げた。

「それ聞いただけで、俺、ここの常連になっちゃいそうだな」

「……いつでも歓迎します」

らしくないセリフを吐いているなと、和久田はくすぐったいものを感じた。客と話を弾ませるなど、バーテン歴一年目にして初めてのような気がする。

「でも全部、先輩たちが食っちゃうんだろーなぁ」

手にした皿をまじまじと眺めつつ、青年が心底悔しそうに呟いている。その様がコミカルで、仕方なく和久田は「口を開け」と青年に向かって顎《あご》をしゃくった。

素直に待っているその口に、クリームチーズを特別にたっぷり塗ってアンチョビを載せたクラッカーを一枚押しこんでやった。驚いた表情を見せた青年が、黙ってそれを咀嚼《そしゃく》しつつ、噛みしめるように呑みこむと、なんとも満足そうに笑み崩れた。

「これ、すごく美味い。クリームチーズとも相性がいいなんて知らなかった。好物が、また一品増えました」

「いいから早く運んでくれ」

言ってから、しまった…と反射的に青年に目を向けたが、客であるはずの青年は、バーテンダーの命令口調に動じた様子はまったくなく、「了解」と人懐っこい笑みを和久田に投げて、ホール係に徹してくれた。

根っから気のいい男らしい。和久田はホッと胸を撫で下ろした。

直後、驚いて自分の口元に指を当てる。

知らず、苦笑を漏らしていたらしい。そんな自分に慌てた和久田は、無精髭を擦るふりで口元の弛みをそっと隠した。

この店で笑ったのは、もしかしたら初めてかもしれない。

店だけではない。プライベートでも、ついぞ笑った記憶はない。

笑顔など、もう何年も縁がなかった。笑うことは二度とないだろうとも思っていた。もしも島田がこの場にいたら、不気味だから笑うなと悪態をつくに違いない。

不思議な感覚に囚われたまま、ひとまず和久田はオーダーを捌《さば》いた。若者たちはLEONのなにが気に入ったのか、すっかり腰を落ちつけている。次の店へ移動するような素振りもなく、いつしか専務たちとの談笑に花を咲かせていた。

手持ち無沙汰になった和久田は、小ぶりなグラスにウォッカを注ぎ、一気に喉奥へと流しこんだ。焼けるような刺激が喉を伝い、ダイレクトに腹まで落ちる。軽い目眩《めまい》に襲われたあと、心身共に穏やかな温もりに包まれる。これがなかなか癖になるのだ。

ウォッカの余韻に浸りつつ、和久田は煙草に手を伸ばし、一本銜えて火をつけた。ライターを戻し、吸いこんだ煙を時間をかけて吐きだしていたら、ふと視線を感じて目を上げた。

例の気のいい青年が、再びカウンターの止まり木に座っている。

どうやら青年は、さっきからずっと息を殺し、和久田を見つめていたらしい。声をかけるタイミングを待っていたというよりは、言葉を失い見入っていたと理解したほうが正しいような、どこか複雑な表情だ。

和久田は煙を吸いながら、黙って青年と目だけを合わせた。憑《つ》かれたように、青年がそっと口を開く。

「煙草…いつから吸ってるんですか?」

「え? ああ、確か…二年前かな。歳《とし》とってから吸い始めたので、吸い方がぎこちないでしょう?」

「あ…いえ、そんなことないです。えと…、アンチョビは、いつからお好きなんですか?」

そんなことばかり訊いてどうするんだと半分不思議に思いつつも、とりあえずはバーテンらしく、会話を弾ませる努力などしてみる。

「大人になったと自覚したころです。かれこれ十五年は経ちますね」

「なにかのパーティーで、初めて食べて以来…とか?」

「？　…ええ、たぶん、そうだったかと思います」

青年は、煙草を吸う和久田の横顔をじっと見つめていたかと思いきや、ふいにそわそわと落ちつかなくなった。いきなりカウンターに両手を突いて腰を浮かせ、「あの…！」と上体を乗りだすと、何度も喉を起伏させた。

「あの……」

もう一度言って、青年がごくりと唾を飲む。ああ…と和久田は頷いた。そういえば、彼のオーダーをまだ訊いていなかった。

吸いかけの煙草を灰皿で揉み消し、流しで軽く指先を洗う。

「なにか飲み物、作りましょうか」

「いえ、そうじゃなくて…っ」

言葉を詰まらせ、青年が息を呑む。何度も口を開きながら、言葉がなかなか出てこない。

グラスに氷を移しながら、和久田は青年の顔を眺めた。よく見えないのは店内が薄暗いからか、それとも灰皿から立ちのぼる紫煙のせいだろうか。…いや違う。前髪が鬱陶《うっとう》しいのだ。普段こんなふうに目線を上げることなどほとんどないから、前髪が伸びていることに気づかなかった。

そんなことを考えながら、ぼんやりと青年の言葉を待っていたら。

「壮《そう》さん――ですよね？」

言って、青年が唇を震わせた。

「和久田壮平《そうへい》選手…ですよね？」

何度も喉を起伏させながら、青年が言った。瞬間、和久田の時間が止まる。

青年が、まだなにか訊ねてくる。なのに和久田の耳は、まるで水中に潜っているような感覚でしか音を認識できなかった。思ってもみなかった不意打ちを真っ向から食らい、聴覚の機能が変になってしまったらしい。

耳が再び周囲の音を正常にキャッチし始めたときにはもう、青年はカウンターの内側へと入ってきており、和久田の両肩をつかんで顔を紅潮させていた。

「やっぱり和久田壮平だ、壮選手だっ！」

高ぶる感情を必死で抑え、喜びを嚙みしめているかのような青年は、和久田よりも頭半分ほど背が高かった。体格も、和久田を若干凌《しの》いでいた。

だが和久田は思う。自分だって全盛期のころなら、この青年の比ではなかった。もっと強靱な筋肉を持ち、柔軟な体を誇っていた。イタリアに移籍したばかりの二十五歳のころなら、きっと、もっと……。

この青年は、おそらくこれからまだ成長し、どんどん伸びてゆくのだろう。そんな過渡期に立つ若者だけが持つ瑞々《みずみず》しさを和久田に向け、喜悦に彩られた顔を近づけて、青年が興奮を露《あらわ》にする。

「ああ…どうしよう、夢みたいだ！　こんなところで壮選手に会えるなんて！　イタリアに移籍した一年後に解雇されたっていう記事を新聞で読んで以来、ずっと…本当にずっと心配していたんですよ！　一体どうしたのかって、どうしてレックスに戻ってプレーしてくれないのかって…ファンに黙って姿を消してしまったあなたを少し恨んだりしたときもあって、いえその、だから俺、とにかくあなたにずっと会いたいと思ってたんです…！」

青年の語る内容が、和久田には瞬時に理解できなかった。自分が壮選手と呼ばれることにも、奇妙な違和感を覚えていた。

壮選手とは一体誰のことだったかと他人事のように記憶を辿り、そういえば自分は昔、世間ではそのように呼ばれていたのだという結論に達するまでに、少々の時間を要したほどだ。

それほど和久田にとっては、遠い過去の名称だった。本気で忘れていたわけではなく、青年の言葉を認めることを、一時的に脳が拒否していたにすぎないが。

ホールの客たちの目は、いつしかカウンターの中のふたりに注がれていた。エミと志保里も驚きの目を向けている。青年の先輩連中に至っては、全員がその場に立ちつくし、ぽかんと口を開けたまま固まっている。

和久田の胸中に、次第に動揺が押し寄せてきた。

困惑と戸惑いと、一回りは年下だろう若者の記憶に残っていたという複雑な歓喜と不確かな安堵と、さらにこんな惨めな状況下で過去の栄光を晒《さら》されてしまった屈辱とが、体内で入り乱れる。

普段島田にどんなに煽られても微動だにしない感情が、自分のものとは信じがたいほど激しく揺れ、和久田をますます混乱させる。

和久田の動揺に、青年はまったく気づいていないらしい。ただただ和久田壮平に会えたことで勝手に舞いあがり、興奮し、いまにも踊りださんばかりに自己紹介まで始める始末だ。

「俺、槙野志伸《しのぶ》っていいます。いま東京レックスのミッドフィルダーをやっています。あなたと同じポジションです、壮さん」

ああ…と和久田は目を細めた。やっと青年を…槙野を正確に認識できた。そう、確か彼は、さっきテレビに映っていた。今日のゲームの立役者としてインタビュアーにマイクを向けられ、爽やかな笑顔でサポーターの声援に応《こた》えていた、あの「好青年」だ。

目の前に立つ槙野と、過去の自分がオーバーラップする。槙野に送られていた喝采が、まるで昔の自分に注がれているかのような、切ない錯覚に陥ってしまう。

槙野はきっと、人生を最高に満喫している途中なのだろう。和久田もそうだった。以前は本当に、毎日が楽しくて愉快でたまらなかった。

ボールを蹴ることは、和久田の人生そのものだった。プロになり、勝つことに酔い、負けることに歯ぎしりし、その日その日を真剣に戦い、次へと果敢に挑戦する。あれはまさに和久田が「生きて」いた時間だった。

もう二度と戻ることのない、遠い日。

「壮さん、俺のこと覚えてませんか?」

放心したまま眉だけをひそめると、槙野が照れくさそうな笑みを浮かべた。まるで、なぞなぞの答えを教えようとする瞬間の子供のように、悪戯っぽく眉根を上げる。

「もう十一年…ああ、十二年になるのかな。Jリーグの開幕戦で、俺、壮さんと手をつないで一緒に入場したんですよ」

その瞬間、和久田の脳裏で、サポーターたちの歓声が一気に弾けたような気がした。

十二年のときを経て、超満員の観衆の声援が和久田の体を駆け抜けてゆく。

降り注ぐエネルギー。眩しいライト。翻《ひるがえ》る旗。

サッカーが、プロスポーツとして生まれ変わった日。

サッカー界の歴史を変えた、記念すべき、あの日――――。

「覚えてませんか？　俺のこと。背番号5、東京レックスのキャプテン和久田壮平選手の、エスコート・キッズだったんです、俺」

「…――――ぁ」

覚えている。…いや、たったいま、思い出した。

廊下に並んで待っていたのは、東京レックスのユニフォームを着た小学生たち。

中でも彼は一番背が高かった。…にもかかわらず、もっとも緊張した顔で、泣きそうな目で和久田をじっと見あげていた。

小学生サッカーの全国大会でＭＶＰに輝いた、未来のＪリーガー候補だと聞いていたから、和

久田は彼に会うのを、とても楽しみにしていたのだ。

どうやら緊張のあまり声も出せないようだったが、そんなところが子供らしくて、逆にそこまで気合いが入っていることも嬉しくて、つい和久田は彼を抱きあげてしまったほどだった。

緊張していた少年の手。和久田が強く握ると、しっかりと握り返してきた。その真剣な眼差しと純粋さに、和久田は勇気づけられた。

小さくとも心強かった手の温もりは、いまだにこの掌が記憶している。

指の一本すら動かせず放心している和久田の肩を、槙野が揺さぶる。あのときとは完全に立場が逆だ。

「俺、ホントはあのとき壮さんに、言いたいことがいっぱいあったんです。なのに緊張しすぎちゃって、なんだか言いたいことの半分も言えませんでした。いまも…じつは、心臓が口から飛びだしそうです」

そう言いながらも、槙野のセリフは流暢《りゅうちょう》だ。次から次へと感情を言葉に乗せてくる。緊張で声も出せずにいた、あの日の少年とは別人のようだ。

人は、こんなにも変わるのだ。こんなにも。

「あの…俺、壮さんのようなサッカー選手になりたい一心で、あれから必死で練習したんです。いつかあなたに追いつくことを目標にしていたら、いまではホントにJリーガーです。それも、あなたが在籍していた東京レックスで、あなたが背負っていた背番号5で」

東京レックスの背番号5。それが、なんだというのだろう。

なにがそんなに嬉しいのだろう。

次から次へと暴かれてゆく自分の過去は聞くに堪えず、和久田の心は麻痺してゆくばかりだ。

「俺がさっき話してた、アンチョビの食べ方が載っていた雑誌って、じつは壮さんのインタビュー記事のことなんです。あのころって、どの雑誌を開いても壮さんが載ってて。俺、片っ端から買い集めて、服装も趣味も好物も全部チェックして……。本当に、いままでどこでなにをしていたんですか、壮さん」

感動を次から次へと言葉に変えてゆく槙野には、いま和久田がどんな気持ちで、その賛辞の姿を装った言葉の暴力に耐えているか、想像できないのだろうか。

現役Jリーガーの口から過去の栄光を暴露され、いやでも現在の己とのギャップを思い知らされて――――それが、どんなに惨めなことか。

いかにして自分が頂点から転落し、こんな位置まで落ちぶれたか。明日の糧《かて》も定かでないほど、みすぼらしい姿に成り果てたか。そんな過程も、いまこの場で、すべて話せと要求するのか？

笑って話せる人生だと、思っているのか？

「和久ちゃんが、Jリーガー？」

嘘でしょ…？　と、志保里が半信半疑の声を漏らす。

「嘘じゃないです、ホントです。まさか壮さん、誰にも話していないんですか？」

槙野ひとりが浮かれた声を弾ませる。和久田としては口を閉ざし続ける以外、自分を守るすべはない。

「だって和久ちゃん、そんなこと一度も……。ねぇホントなの？　和久ちゃん」

志保里の執拗な問いかけに、エミの甲高い声が被さる。

「ちょっとやだぁ、ねぇねぇ和久ちゃん。どうしていままで隠してたのよぉ！」

女たちだけではない。槙野の先輩たちまでが慌ててカウンターを取り囲み、「ディフェンダーの高村《たかむら》です」だの「フォワードの井浦《いうら》です」だの、「ゴールキーパーの森本《もりもと》です」だのと自己紹介を始めてしまったものだから、和久田は完全に逃げ道を塞がれてしまった。

「やだー、どうりで和久ちゃん、いい体してると思ったー。mamaノリコの女の子たちも、たてい最初に和久ちゃんにさぁ、コロッとイッちゃうのよねー。生活力はないけど、ほら、顔とガタイがすっごくいいじゃない？　ホステスやってるコって、結構そーいうタイプに弱いからさぁ。いまでもほら、先月うちの店を辞めた…誰だっけ、えっと…あ、塔子《とうこ》だ。塔子のアパートにさぁ、転がりこんだままなんでしょ？　和久ちゃん」

え、と志保里が眉を顰《ひそ》める。志保里の動揺を目の端に捉《とら》えながらも、エミの口は止まらない。

「塔子の前は千夏《ちなつ》のところにいたもんね、和久ちゃん。和久ちゃんは諦めなって、いくら千夏に言っても聞かないのよ。いまだに千夏、言ってるわよ。和久ちゃんはそのうち帰ってくるって。あんなイイ体した男、そう簡単には手放せないわよーだって。いいわよねぇ、やっぱり元Jリーガーはさ。普通の男とどっかが違うのね。貢がれ放題だもんねぇ和久ちゃん」

「貢がれ放題…？」

呟いたのは、槙野だった。全員が一瞬口を閉ざしてしまうほど、それは神妙な声だった。

「そんな生活してるんですか？」

「おい槙野」

高村が、背後から遠慮がちに口を挟む。それでも槙野は失望を言葉に変えることをやめようとしない。残酷すぎる一途さで、現在の和久田に一方的な理想像を当てはめようとするばかりだ。

「壮さん、まさかサッカーをやめたわけじゃないですよね？　いまもどこかで続けてるんでしょう？　俺、チームではフェイントがいいとかいわれてるんですけど、焦らし方とか抜き去るタイミングとか、あれってやっぱり経験と勘なんですよね。俺なんて、壮さんに比べたらまだまだ素人《しろうと》です。…あ、そうだ。今度ぜひレックスに来てくださいよ。俺、壮さんに教わりたいことがいっぱいあるんです。みんなもきっと喜びますから。ね？」

望み通りの答えをもぎ取ろうとして、槙野が和久田の目を覗きこむ。だがそのセリフとは裏腹に、槙野の顔からは次第に笑みが消えてゆくのだ。

再会の喜びの代わりに、じわじわと滲みだしてきた感情は……憤り、だろうか。

「来てくれますよね？　…キャプテン」

懐かしすぎる呼び名を口にして、槙野が口元を引きつらせる。ＴＶのインタビューで見せていた眩しいほどの輝きも、和久田の作るつまみを「美味い」と喜んだ陽気さも、もう、そこには微塵も存在しなかった。

槙野から顔を背けたまま、和久田は言った。

「もうサッカーは、やめたんだ」

とたん、槙野が顔を歪ませた。どうして…と、苦渋の声を絞りだす。

「嘘だ。だって壮さん…誰よりもサッカーが好きだったじゃないですか」

苛立ちを増幅させてゆく槙野に、和久田は一言も言い返さなかった。言ったところで弁解にしかならない。それに、事実はもう伝えた。和久田はもうサッカーをやめた。ボールを蹴ることは二度とない。

「俺はずっと壮さんを追いかけて…あなたのようになりたいと願ってここまで来たのに…っ」

焦れたように、槙野が和久田の肩を揺さぶる。それでも和久田は顔を伏せたまま口を閉ざしていた。抵抗すらしない和久田に、ついに槙野が怒りを叩きつけてきた。

「どうしてだよ壮さん！　日本のファンを捨ててイタリアに渡ったくせに、解雇されたら消息不明、あげくにもうサッカーはやめたなんて、ずっと応援してきたファンやサポーターに対する裏切りじゃないか！」

やめろ槙野、と他の連中が止めに入る。だが槙野の怒りは鎮まるどころか増す一方だ。

「答えろよ！　あなたにとってのサッカーって、その程度のものだったのかよ！　酔っぱらい相手に酒作って、ホステスの世話になって…そんな人生で満足してるなら、あなたには最初からサッカーなんてやる資格はなかったんだ！」

「いいかげんにしろ、槙野っ」

「もう帰ろう槙野。な？」

先輩たちの腕をほどき、槙野が真っ向から和久田を睨みつける。その強い双眸《そうぼう》に宿るのは、堕ちた偶像に対する悲しみと怒り。和久田は黙って、その視線に晒され続けた。

しかし、かすかに違和も感じていた。赤の他人に、なぜここまで罵倒されなければならないのだろう…と。

「あなたが解雇されたあとも、俺はあなたを待ち続けた。最後まで信じていたんだ！　きっとヨーロッパのどこかのチームで、今度はコーチとして頑張って、自分で選んだ人生を楽しんでいるって、そう信じていたのに。信じさせてほしかったのに！　それがまさか、こんな……っ」

握りしめた両拳を震わせて、槙野が声を詰まらせる。そんな槙野を、和久田はぼんやりと目の表面に映すしかなかった。

「…惨めなのはあなただけじゃないんだ、壮さん。あなたがその程度の人だとは知らずに、いつまでも憧れ続けていた俺自身が、もっと惨めで情けないんだ…！」

だから――いやだったのだ。だから過去を知る他人とは、一切関わりたくなかったのだ。

できることなら一生、世間から忘れ去られたままでいたかった。こんなふうに暴かれたくなかったし、自分の過去を思い出したくもなかった。罵られるか、哀れまれるか。そのどちらかだとわかっていたから。

だけどなぜ、こんなにも一方的に責められなくてはならないんだ？

だらりと下げた両手を、和久田はそっと握りしめてみた。掌に、爪が食いこむ。和久田に痛みを呼び覚ます。痛がったり、傷ついたり、耐えることに苦悶したり……そんな、長く忘れていた感情が、じわり…と手の中に広がってゆく。

「あなたは俺の憧れだった！　子供のころからの夢だったのに…！」

憧れ、夢。…――それが、なんだ。

そんなものが、和久田に罵声を浴びせる権限だと……免罪符になると思っているのか？

和久田を憧れに仕立てあげたのは、槙野本人なのに。和久田が望んだわけでも、なんでもないのに。

なにも知らない、ガキのくせに――――！

気がつけば和久田は、槙野の顔に拳を叩きつけていた。

槙野が大きく体勢を崩し、棚にぶつかる。グラスがいくつも落下し、床で砕ける。

エミと志保里が悲鳴をあげる。高村たちが一斉に、和久田の腕を押さえにかかる。

「なにしやがるッ！」

「暴力はよくないだろ、暴力は！」

一転して、高村たちの態度が変わった。その理由は考えなくても理解できた。彼ら三人は和久田に対して、最初から戸惑いしか感じていなかったのだ。

こんな侘しい場所で、ひっそりと生きていた先輩選手の惨めな末路に、彼らは目を伏せ、同情し、深い嫌悪を抱いていたのだ。

見たくないものを見てしまった後悔や腹立たしさが、彼らの目に見え隠れしている。

でも、そんなものはお互いさまだ。戸惑っているのは、どちらも同じだ。

「槙野に怪我《けが》させたら、どういうことになるかわかってんだろーな」

「チームの大事な戦力なんだぜ？　あんた、責任とってくれんのかよ」

「ちょっとぉ、もうやめなさいよぉ、あなたたち。ほら、ね？　和久ちゃんも」

「そうそう、きみたち喧嘩《けんか》はよくないよ、喧嘩は」

エミや専務の仲裁を無視して、和久田は顔を起こし、片頬を歪めた。高村たちの言い草が、心底おかしかったからだ。

「エースが怪我したら、チームは最下位に転落か。この程度のミッドフィルダーがいなきゃ勝てないような弱小チームってわけか、東京レックスは。えらく落ちぶれたもんだな。え？」

「なんだと…？」

和久田の煽りをまともに受けて、槙野が一歩前に出る。エミたちが止めるのも聞かず、高村らを背後に押しやり、和久田の襟を吊りあげる。

「もう一度言ってみろ…っ。いくらあなたでも、チームや先輩を侮辱するのは許さない！」

「チーム、チーム。なにもかもチームのおかげってか。律儀な野郎だ」

クッと和久田は鼻を鳴らし、せせら笑いを響かせた。

「聞きたいなら何度でも言ってやる。つまんねー玉蹴りに、なにをいつまでも熱くなってるんだ。ガキのころから俺に憧れてたって？　それが一体なんだってんだ。礼でも言ってほしいのか」

「この……！」

槙野が右腕を振りあげる。和久田も素早く拳を固めた。

「やめて和久ちゃんッ！」

志保里が叫ぶ。和久田は槙野を睨みつけたまま、薄笑いを浮かべてやった。反して槙野はますます苛立ちを募らせ、ギリギリと目尻を吊りあげてゆく。対照的な反応が、妙に可笑《おか》しい。

「ガキなんだよ、お前は」

「…黙れ」

「ガキだから、夢だとか憧れだとか、青臭いセリフを恥ずかしげもなく吐けるんだ。聞いてるだけで鳥肌が立つぜ」

「黙れッ！」

勝手に土足で踏みこんできて、勝手に再会を喜んで、落ちぶれた姿を一方的になじって、苛立って、理想形を押しつけて。最後は相手を叩きのめすことで自分を守れると信じているなら、あまりにも幼い。

だが、振りあげられた槙野の拳は、いつまで待っても下りてこなかった。歯を食いしばり、怒りに震えているばかりだ。

拳をおろし、無言の槙野を睨みつけ、和久田は言った。

「――――出ていけ」

心臓を捻るようにして絞りだした声は、滑稽《こっけい》なほど掠れていた。

「そのツラを、二度と見せるな‼」

槙野が目を剝く。真一文字に結んだ唇が、わなわなと震えている。和久田は同情も容赦もしなかった。和久田にこんな態度をとらせた原因は、槙野自身にあるのだから。

「さっさと失せろッ！」

槙野が口を開き、なにか言い返そうとする…が、和久田は構わず槙野をカウンターからホールへと押しだした。突き飛ばすと同時にカウンターを拳で殴りつける。反射的にウィスキー・ボトルのネックをつかんだ和久田は、渾身の力でそれを床に叩きつけた。

一段と高い悲鳴があがり、専務と課長が血相を変え、転がるようにしてドアから飛びだしていった。エミと志保里は抱き合ったまま、壁際で小さくなっている。

乱暴に揺れたカウベルがようやく静かになったとき、井浦がペッと床に唾を吐き捨てた。

「マトモじゃねーな」

静かな声で、森本があとを続ける。

「こうなったらお終《しま》いだよ。Jリーガーも」

行こうぜ、と高村が顎をしゃくる。全員がぞろぞろと店を出ていく。

「おい、帰るぞ槙野」

ドアに手をかけ、高村が槙野を呼んでいる。なのに槙野は動かない。絨毯に染みこんでゆくウイスキーと、粉々に割れたボトルを見つめたまま、一歩も動こうとしない。割れたボトルにか、キレた和久田にか、暴言を撒き散らした自分自身にか…いまさらなにに傷ついているのかは不明だが、ショックを受けているのは明白だ。

その様子に苛立ち、和久田はいったんカウンターの中に入ると、アイスピックをつかんでホールへ戻った。槙野がギョッと目を剝く。エミと高村が声をあげる。志保里が背後から和久田の腕に飛びつき、アイスピックを奪った。

「なにやってんのよ和久ちゃんッ！　落ちついてよ！　も、やだ…、やだぁっ！」

アイスピックの柄《え》を両手で握りしめたまま、志保里が床にしゃがみこみ、しゃくりあげる。和久田は呆然と立ち竦み、志保里の泣き声を、ただ聞いていた。

「…狂ってるよ、コイツ」

呟いた高村が、血の気の失せた顔で槙野の腕を引く。そうされて、ようやく槙野がドアへと向かう。やっと終わる…と、どこかほっとしたのも束の間、槙野がふいに足を止め、首だけを後ろへ向けて言った。

「…壮さんに会いたいと、ずっと願っていました」

「そんな野郎は、どこにもいない」

即座に返した和久田に、槙野が恨みがましい視線を突き刺す。

「あなたは俺のヒーローだった…！」

「現実は、こんなもんだ」

フンと鼻で笑った和久田に、槙野はもう、なにも返してはこなかった。

首を数回横に振ると、高村と連れ立ち、ドアの向こうへ消えていった。


雨は、すっかりやんでいる。

途中、槙野は何度も足を止め、後ろ髪を引かれる思いで振り返った。ＬＥＯＮへと続く階段は、もう見えない。それでも槙野は和久田の気配を無意識に探していた。

いつも和久田はこの道を歩いてＬＥＯＮに出勤していたのだろうか。雨の日も雪の日も、いつもこの風景の中を往き来して、世間から隠れるようにして生きていたのだろうか。

こんなにも近くにいたのに、今日まで知らずにいたなんて。

サッカー選手の名前のついた店を飲み歩こうと提案した井浦を、槙野はいま、少し恨んでいた。

そんなゲームさえしなければ、和久田に会うこともなかったのだ。

会いたかった。だけど、こんなことなら会わないほうがずっとよかった。

十年前――あれは槙野が十三で、和久田が二十五の年だった。和久田壮平のJリーグでの活躍が海外にまで伝わり、日本人選手としては初めて、イタリアのチームからオファーがかかったのだ。

ファンとしては誇らしくて、でも日本でプレーする和久田を見られなくなることには納得できず、正直…おいてきぼりを食らったみたいで許せなくて、槙野は複雑な心境だった。

でもそれが和久田の望んでいることなら…と、懸命に自分に言い聞かせていたあのころのモヤモヤとした気分を、槙野はいまでもはっきり覚えている。

結局和久田は移籍を承諾し、破格の契約金でイタリアへと渡ったのだが……毎日のように日本の新聞に取りあげられた和久田の情報は、決して喜ばしいものではなかった。

当時のマスコミから伝えられた和久田の海外生活は、子供の目で判断しても、とても順調とは言えなかった。数か月ぶりにベンチ入りを果たしたゲームでは、後半残り五分から出場のチャンスを得たものの、不運にも味方との接触により、いきなり全治一か月の怪我を負ってしまった。

その後レギュラーには復帰できず、言葉の壁も厚くのしかかり、意思の疎通も難しいままに「無言のベンチウォーマー」と、イタリアのみならず日本でも酷評されたのだ。イタリアの仲間たちと打ち解ける姿や、日本ではお馴染みだった目の覚めるような弾丸シュートに独特のフェイント技術などの武勇伝は、一度として伝わってくることはなかった。

反して、和久田がいなくなった日本では、新しい人気選手が続々と誕生していった。和久田がいたから下が伸び悩んでいたなどと、すべてを和久田のせいにするような悪辣《あくらつ》な評論家までが現れ、そのたびに槙野は苛立ちを募らせたものだ。マスコミに対する不信感と不快感は、いつしか和久田への不満にも繋がっていった。和久田さえしっかりしてくれれば、マスコミだって何も言わないはずなのに…などと。

月日を経て、いつしか人々は和久田壮平という素晴らしい才能を持った日本人選手がいたことすら忘れてしまったのではと思うほど、記事にも口にもしなくなっていた。槙野自身も、いつしか和久田の名を口にのぼらせることはなくなっていった。

忘れてしまったわけではなく、語れば酷評されるのがわかっていたからというのも理由のひとつだ。槙野自身も和久田に対して、複雑な思いがあったのは否めない。こんなにも和久田を応援しているのに、和久田はファンに弁解も説明もしてくれない。こちらが思うほど、和久田はファンを愛していないと解釈するしかない、その現実が寂しかったのだ。

そんなある日のことだ。新聞の片隅に小さな記事が載ったのは。

『和久田壮平選手、イタリアチームから解雇』――――。

その数行の文面を最後に、和久田の姿は世間から消えた。

まさか、日本に戻っていたなんて。

新宿の裏通りの、ひっそりと目立たないスナックで朝まで働き、女に貢いでもらうという、以前の和久田からは想像もできないような侘しい人生を送っていたなんて。

現実にこの目で見ておきながら、実際に和久田の声も聞きながら、それでもまだ信じられない。

本当にあれは、和久田壮平だったのだろうか。

信じたくないが、それでも信じるしかないとすれば、自分はこの苛立ちや怒りを、どう処理すればよいのだろう。あれほど強烈だった幼少期からの憧れが、憎悪と嫌悪に変わってしまった瞬間が、さっき確かにあったのだ。その事実に、どう対処すればいいのだろう。

落ちぶれた和久田が…目に精彩のなくなってしまった和久田の姿が、ショックだった。

『現実は、こんなもんだ』――――。

昔の和久田には、夢を現実に変えるオーラが備わっていた。決してあんな寂しいセリフで諦めてしまえるような男ではなかったはずだ。

また、足が止まってしまう。一歩前に進むたび和久田から離れてゆくことに、迷いが生じる。

『とくに煙草を吸いすぎて舌がざらつくと、無性にコイツを舐めたくなりますよ…――』

そのセリフと似た記事を、槙野は十年前に読んでいた。「疲れが溜まって口の中がざらついてくると、無性にアンチョビを舐めたくなるんですよ」…と。

和久田がイタリアに渡る直前の、サッカー専門誌の特集だ。遠くに行ってしまう和久田を少しでも近くに感じていたくて、あのころの槙野は和久田の真似ばかりしていた。髪形も、服装も。

和久田お薦めのアンチョビも、母に頼んで買ってきてもらった。そのまま食べたらまずかったのに、和久田のレシピどおりに作ってみたら、意外にも食が進み、やっぱり和久田の言うことは正しい…と嬉しくなったりしたものだった。

和久田の足跡を追うことが、槙野の楽しみであり幸せだった。和久田の見ている景色が、槙野にとっては全世界だった。

和久田の語る言葉すべてを信じていた。和久田が槙野の指針だった。

「壮さん…」

もう、戻らない。和久田は変わってしまった。

彼はもう、終わったのだ。

「でも、俺はまだ終わっていない」

ぽつりと槙野は呟いた。自分のサッカー人生も、五歳のころから抱き続けた憧れも、その憧れの対象に裏切られた悲しみも、憎悪も、いまだリアルだ。まだ、なにひとつ終わっていない。

槙野までがこのまま終わりにしてしまったら、過去二十三年の人生までが台なしになってしまう気がする。和久田を目標にし、彼を追い続けて生きてきた時間の一切が、無駄になってしまう気がする。

「あんな男に、ぶち壊しにされてたまるか…っ！」

槙野は足の向きを変えた。気づいた高村が、とっさに槙野を引き留める。

「おい、タクシー乗り場はあっちだぞ」

肘をつかもうとする高村の手を断って、槙野は言った。

「やっぱり俺もう一度、壮さんに会ってきます。このままじゃ、どうしても気が治まらない」

おいおい…と高村が眉間に皺を寄せた。本気で呆れているらしい。

「放っとけよ、あんなヤツ」

でも…と言い訳するより早く、高村が重い現実を突きつけてくる。

「でもじゃねーよ。さっき見ただろ、アイスピック。あいつ、お前を刺そうとしたんだぜ？ 俺はもうあんな野郎とは関わりたくない。…つーかお前、なんかやたらに和久田に入れあげてたみたいだから、とりあえず忠告しておくぞ。いいか槙野、お前になにかあったら、チーム全体が迷惑するってことを忘れるな」

立場を提示されて、槙野は返答に窮してしまった。

「とにかく、和久田のことは忘れろ。ま、遅かれ早かれヤツの所在は、マスコミが嗅ぎつけるだろうけどな。あんなOBがいるなんて、いい迷惑だよ。ったく」

飲み直しだと高村が言い、俺の知っている店までタクシーで行こうと井浦が提案する。和久田の存在を記憶の外へ追いやろうと必死になっているようにも感じられる。

タクシー乗り場へと向かう途中、槙野たちは通行人に見つかった。たちまち騒ぎになり、サインを求められ、次から次へと人々が集まってくる。中には東京レックスのユニフォームを着た団体もいて、聞けば渋谷《しぶや》のスポーツ・カフェで、先ほどまでゲームを観戦し、沸きに沸いていたのだそうだ。そんな冷めやらぬ興奮を、ファンたちが笑顔で伝えてくれる。

「槙野選手のシュート、超気持ちよかったっす！」

「ずっと応援してますから、がんばってくださいね！」

ありがたい声援に目を細め、槙野たちは口々に礼を言っては握手を交わし、記念撮影に快く応じ、ようやくタクシー乗り場へと辿り着いた。

開いたドアに乗りこむ間際、高村がぽつりと零した。

「ああいうの、見たくねーよな」

「…え？」

疑問符を投げかけると、高村はちらりと槙野を見、片頬を歪めてみせた。

「和久田だよ。見られるのもいやだろーけど、見るほうも結構キツイよ」

「高村さん…」

「俺は和久田みたいにはなりたくない。早めにキャリアカウンセラーに相談して、引退後はスポーツキャスターのクチを探してもらおうと考えているんだ」

「そんな。高村さんって二十八でしたよね。だったらまだずっと先のことじゃないですか」

真顔でフォローしたものの、高村は苦笑を浮かべて首を横に振ってしまう。

「こういうことを考えてるのは俺だけじゃないよ。三十超えてる野呂《のろ》さんや大城《おおしろ》さんは、ここんとこずっと、そんな話ばかりだ。…いまの俺のポジションは若手の遠藤《えんどう》が狙ってるし、来年も先発メンバーに残れるかどうか危ういところだよ」

槙野には、返す言葉がなかった。チームではリーダー格の高村が、そんな気弱なことを考えているなんて知らなかった。

でも高村がそう考える理由には、思い当たるフシがある。過去五年、レックスのチームのキャプテンを務めていた高村に代わり、今期から槙野がその役を担《にな》うことになったからだ。長くレックスのリーダーとしてチームを引っ張ってきた高村にとって、キャプテンの交代劇は周囲が想像する以上に衝撃的な「通達」だったのかもしれない。

高村が、寂しげな苦笑を零す。

「俺はいつまでもファンに喜ばれる存在でいたい。できればファンには落ちぶれた姿を見せたくないんだ。和久田を見て、その気持ちが一層強くなったよ。引き際ってのは、それまで自分が歩んできた人生の集大成なんだ…ってな。あそこまで堕ちた和久田は、結局自分の人生を、その程度にしか考えてなかったたってことだ」

早く乗れと手招かれた次の瞬間、槙野は身を翻していた。

「やめとけ槙野！　もう放っておいてやれ！」

高村の声を振り切って、槙野は全力でＬＥＯＮへと駆け戻った。

あれって槙野選手じゃない？　と人々が振り向く。かっこいいなどと騒いでいるが、そんなもの関係ない。脇目も振らず槙野は走った。

和久田に言わなければ。いま、自分は幸せだと。

和久田というサッカー選手に巡り合えたから、横道に逸れることなく、充実した人生をまっすぐ歩んでこられた、と。

槙野は和久田を忘れたことなど一日もない。だから会えて嬉しかった。でも和久田自身はそうではなかったのだ。彼は世間から忘れられたいと思っていたかもしれないのだ。

自分の存在を消したくて…かつてのサポーターたちに知られたくなくて、それゆえあんな片隅の、誰も訪れないような寂しい場所をわざわざ選び、正体を隠して働いていたのだとしたら、それを暴くような真似をしてしまった自分の行為は決して許されるものではない。でも…。

次々に敵をかわす鮮やかなドリブル。相手を翻弄する見事なフェイント。カリスマとまで呼ばれた統率力。

和久田選手への憧れが、いつも自分の背を押してくれた。負けそうなとき、弱音を吐いてしまいそうなとき、戦う和久田の存在は槙野の唯一の支えとなった。その事実は、現在の和久田が何者であろうとも決して消えないのだということを、どうしても和久田に伝えたい。

和久田壮平の存在は、ひとりの人間の人生にこんなにも大きな影響を与えたのだ。出会ったことを後悔させるような生き様は、彼にだけはしてほしくなかった。

だから訊きたい。もっと話したい。和久田にとって、サッカーに費やした時間は一体なんだったのかを。

和久田がいまを懸命に、大切に生きているというのなら、それでいい。もうそれで。しかし、そうではないのなら…。

「俺はあなたを、許さない！」

サッカーはやめたんだと、和久田が言ったとき。

焦点の定まらない濁った目に、槙野は失望した。幻滅し、苛立った。かつての輝きなど微塵も感じられない表情に、裏切られた思いがした。

和久田は変わった。それでも槙野はどうしても、こんな形で和久田との関わりを断ちたくなかった。それこそ、幼いころから槙野がずっと大切にしてきた憧憬《しょうけい》は、この程度の事実でリセットできるような単純なものではなかったから。

和久田の消息をマスコミが伝えなくなって以来、二度と会えないのかと悲しみに暮れた。だが、会えたのだ。この手に触れることができたのだ。そして、深く傷つけ合った。それらの事実が嘘ではないなら、ここからなにか別の形をスタートさせることだって可能なはずだ。

「このまま終わりにさせて、たまるか…っ」

路地を抜け、暗い階段を一気に下りて。

「………っ」

槙野は呆然とそこに立ち、肩で大きく息をついた。

さっきまでドアの磨りガラスから漏れていた淡い光はすでに消え、ノブにはClosedの札が下がっているだけだった。

ノブを引いても、開かない。ドアに耳を押しつけても、ＢＧＭすら聞こえない。人の気配も、ない。

中にはもう、誰もいない。

傾いたその札をやるせない思いで見つめながら、槙野はぽつりと呟いた。

「壮さん…」

名を呼ぶ声に、複雑な感情が滲んで消える。

「明日、また来ます」

挑むように断言しても、誰も答えてくれない。

すぐに戻ればよかったのだ。わずかでも迷っていた自分を、槙野は悔いた。

「俺は絶対にあなたを逃がしませんからね——キャプテン」

そして槙野は、迷いを捨てた。


午後十時。今夜もＬＥＯＮのカウベルが遠慮がちに響く。

「あ、こんばんは。いらっしゃいませ」

五日連続の槙野の来店に、島田が声を弾ませる。反して和久田は、今夜も苛立ちを隠せない。眉間に深い皺を刻みつけたまま、すでに綺麗に磨かれているグラスに手を伸ばし、意味もなく拭いてしまう有様だ。

「こんばんは、島田さん。…こんばんは、壮さん」

顔も上げない和久田にまでご丁寧に挨拶をよこし、槙野が今日もカウンター席に着く。

和久田の脛《すね》を、島田がいきなり蹴りつけてきた。ちゃんと挨拶を返せと言いたいらしい。だが和久田にはそんな命令に応じる気など、まったくない。

エミや志保里に素性がばれてしまったことで、いまや島田までが和久田の過去を知っていた。ことの顛末《てんまつ》もエミが話してしまったために、どうやら島田は、和久田の過去に触れることは危険だと解釈したようだった。触れれば刀傷沙汰になると思いこんでいるのだ。

だからなのか、知ったあとも島田は客に吹聴するわけでもなく、いままでとまったく態度が変わらない。それは予想外の反応であり、正直ありがたい配慮だ。でもそれ以来、島田がやたら槙野の肩を持つのが、和久田としては不愉快極まりないことだった。

おそらくはエミが、槙野に肩入れした形で事情を説明したのだろう。…迷惑な話だ。

「挨拶くらいしなよ和久さん。……なぁ、聞いてんの？　和久さん！」

声を荒げる島田に、槙野が人好きのする苦笑を返す。

「いいんです、島田さん。俺が勝手に飲みに来てるだけですから」

　槙野が穏やかに言えば言うほど、和久田に対する島田の態度が高圧的になっていく…という悪循環に、槙野は気づいていないのか、それともわざと島田を煽っているのか。

「でも和久さんって態度悪すぎなんですもん。この人Jリーガーやってたときも、こんなにひねくれてたのかなぁ。だったらファンなんてひとりもいないでしょ。あ、でも槙野さんはファンだったんですよね。こんなオヤジの一体どこがよかったんだか、俺にはホント謎ですよ、謎」

「ものすごくかっこよかったですよ。ホント、いまとは大違いです」

　ズケズケと言う槙野に、島田が爆笑する。

「大違いだってさ、和久さん。聞いてる？」

「…うるさい」

「うるさいって、ここでは俺が先輩なんだから、少しは敬《うやま》ったらどうよ」

　険悪なムードになりかけるバーテンふたりの間に、槙野が平然と口を挟む。

「すみません島田さん。ウーロン茶いただけますか」

「えー、今日もですか？　たまにはビールでもどうすか」

「酒は週末しか飲まないことにしてるんですよ。今月いっぱいオフとはいえ、練習は毎日あるし」

「明日も？」

「もちろん」

「なのに遊んでて、大丈夫すか？」

「遊ぶもなにも、お茶飲みに来てるだけだから」

「はは。ですね」

さすがに島田はバーテン歴が長いだけある。カウンターの下で和久田の足をかかとで踏みつけながら槙野の話に耳を傾け、軽く相づちを返しつつ、手元では素早く氷を砕き、グラスに入れている。和久田も島田を見習って、平静を装ったまま脛を蹴り返してやった。

「いてっ」

「…島田さん？」

「あ、いえ、すみません。なんでもないっす。ちょっと足元が滑って…」

口で笑い、目では和久田を睨みつけながら、島田が下手な言い訳をする。それを無視して和久田はカウンターに背を向け、ボトルをひとつずつ磨き始めた。そんな和久田の後ろで、ふたりが会話を弾ませる。

「でも槙野さん。毎晩ウチに通いつめてたら、彼女が寂しがってるでしょ」

えっ、と大げさに驚いた槙野が、照れながら否定する。

「彼女なんていないですよ。小学校からずっといままでサッカー漬けの毎日だから。女の子とまともにデートした記憶もないんです、俺」

「えー、うそうそ。それだけかっこよかったらすげーモテるでしょ。ファンレターとかも、段ボールとかでくるんじゃないですか?」

うーん…と槙野が困惑の声を漏らす。そんなことないよと適当にかわせないあたり、ずいぶん真面目な性格だ。

「もてないと言えば嘘になるかもしれないけど、でもホントに特定の女性とつきあったことないんです。サッカーの話しかできないし、女の子と遊びに行くとしても、公園でボールを蹴るとか、フットサルコートをレンタルするとか。あとはサッカー観戦くらいしか思いつかなくて。みんな最初の一、二回で飽きちゃうみたいで」

「うわ、それサイアクっすよ、サイアク!」

島田が大げさに顔を歪め、じゃあ…と意味ありげに声を潜めた。

「まさかとは思うけど槙野さん、まだ童貞だったりして」

う、と槙野が言葉に詰まると同時に、ガンッとなにかがぶつかる音がした。槙野が体勢を崩し、カウンターの裏側を膝で蹴りあげたのだ。

和久田はチラリと斜め後ろを盗み見た。槙野の顔は耳まで真っ赤だ。どうやらこの手の話題が苦手らしい。いつかテレビのインタビューを通して感じた健全なスポーツマンぶりは、マスコミ向けの演技というわけではなさそうだ。それならそれで、やはり鼻につくのだが。

「え…っと、そっ、それはないですけど」

「じゃあ、フツーに経験あるんだ?」

「うーん、ま…まぁ一応ね」

しどろもどろで弁解しながら、槙野がウーロン茶を呷《あお》った。島田がやたら嬉しそうにお代わりを作る。

楽しげに弾む会話を聞きながら、和久田は気づいた。そういえばふたりは同い年だ、と。ひとりはサッカー界の頂点に君臨する男、もうひとりは、ほとんど客も入らないような寂れたスナックを仕切るバーテン。

生きる環境に違いこそあれ、こうして見ていると、二人の間には隔たりや距離が感じられない。それはおそらく、槙野の開けた性格によるものだとは…とりあえず認める。

ファンにもチームメイトにも、島田や和久田に対しても、善《よ》かれ悪《あ》しかれ躊躇《ちゅうちょ》なく本音を晒す槙野。あの夜テレビで、「サポーターのおかげでチームの今がある」と喜びの声を響かせていたが、まさか本気でそんなことを考えているわけじゃあるまい…と半分バカにしていたのに。

でも、こいつなら、心底そう思っていてもおかしくはない。

そんなふうに年甲斐もなく、まっすぐな気持ちを持ち合わせているせいで、すっかり落ちぶれてしまった和久田に対しても幻想を抱き続けてしまうわけだ。……迷惑このうえない。

「でも槙野さん。サッカー漬けの毎日にしては、もう五日連続でウチに通っちゃってますよね。フツーの会社みたいに、先輩に誘われたりとかしないんですか？」

カウンターに両肘を突いて左右の指を組み合わせ、どこか嬉しそうに槙野が頷く。

「なんていうのか、いつもチームメイトと一緒だから、夜くらいはひとりで静かに過ごしたいんですよ。かといって自分の部屋じゃ寂しいし。だから、いい店に出会えてラッキーでした。井浦さんに感謝しなきゃ」

「え、ホント？　ウチって、いい店っすか？」

お世辞くらい聞き分けろと、和久田は思わず口をへの字に曲げてしまった。相手は人気Ｊリーガーなのだから、ＬＥＯＮなどとは比較にもならない高級店を熟知していて当然なのに。

和久田の思考を読んだのかと疑いたくなるタイミングで、槙野が言葉を付け加える。

「時間がゆっくり流れてるって感じで、すごくリラックスできる。俺、この店好きですよ」

実感をこめて語られて、なぜか島田が言葉に詰まる。ほんの少しの間を置いて、小声でぽつりと確認を入れた。

「愛想、すげーナイのに？」

コイツ、と島田が和久田を親指で示す。声にしないことでごまかしたつもりでいるらしいが、ミラー張りになっているボトル用の陳列棚に身ぶり手ぶりが映っているからバレバレだ。

和久田は不機嫌に顔を歪め、ボトルを荒っぽく棚へと戻し、島田の姿を視界から遮断した。

そんな和久田の態度に業を煮やしたのか、槙野がストレートなセリフを吐いた。

「この人に愛想なんて、最初から期待してませんから」

とたんに胸くそ悪くなり、和久田は流しの下のダストボックスからゴミ袋を外した。今日最初の客が槙野なのだから、ゴミなどまったく溜まっていないが、こんな馬鹿馬鹿しい茶番劇につきあっていたら、頭がおかしくなりそうだ。

和久田は流しの下に置いておいた自分の煙草とライターをポケットに突っこんだ。ゴミ袋をぶら下げ、裏口から外階段に出ようとしたのだが、すかさず島田に止められてしまった。

「ちょっと和久さん、どこ行くの」

「外。ゴミ捨ててくる」

「ゴミなんて全然溜まってないって。それに、なんで煙草持ってくの。休憩するほど働いてないでしょ。え？」

ここぞとばかりに、島田が和久田を責め立てる。無愛想な和久田が腹立たしいのだろう。

「それにさぁ、お客さんがいるのに、そういう態度ってどうよ。え？　和久さん」

ほとんど入っていないゴミ袋を横から奪われて、和久田は顔を後ろに向け、一瞬身を硬くした。

槙野が、じっと和久田を見ていたのだ。

見られていることは知っていたが、その表情に、和久田は動揺してしまった。

和久田の態度に傷ついた目と、逆に和久田を追いつめようとする口元の微笑みとが混在し、複雑な感情を真正面からぶつけてくる。

「そんなに俺が目障りですか、壮さん」

「……」

「わかってますよ。あなたが俺を嫌っていることくらい。だから俺が店に通い続けるかぎり、壮さんはずっと不機嫌を貫くわけだ。そして俺も、あなたがどこまで耐えられるのかを見たくて、これからもLEONに通い続ける」

嫌がらせか、ただの暇つぶしか。相容れないとわかっていながら、なんのために通うのか。なぜ棘《とげ》を相手に吐きだしてまで、話しかける必要があるのか。

「俺が鬱陶しいなら、逃げればいいじゃないですか。サッカーから逃げたみたいに、またここから逃げて、別の場所を探せばいい」

「お前が余所《よそ》に行け」

「ちょ…ちょっとちょっと和久さんっ」

「俺は客ですよ、壮さん。どこの店に入ろうと俺の自由だ。あなたに指図される覚えはない」

「ちょっとちょっと、槙野さんまでっ」

慌てる島田に目配せして、槙野が和久田へと視線を移す。和久田は唇を固く結んだ。

すべてが鬱陶しい。煩わしい。隙あらばシュートを決めようと、延々とボールをキープして相手を焦らすかのような態度や言動が、和久田の神経を逆撫でする。

和久田は思わず口走っていた。

「今日は早退する」

「ちょ…、和久さん。なに言ってんのっ」

島田が狼狽するのはもっともだ。言った当人の和久田でさえ、驚きを隠せないのだから。どういう態度だ、信じられない。まるで子供だ。それでも口が止まらない。

「五日前からこの時間になると、急に胸がムカムカするんだ。あとは頼む」

「和久さんっ」

島田が和久田の肩をつかむ。その手を乱暴に払った和久田は、振り向きざまにカウンターをバンッと叩いた。

驚いて目を見開く槙野を、和久田は真っ向から睨みつけた。

「満足か」

訊くと、ニ…と槙野が唇を横に引いた。ほんの少しの驚きと、淡い喜悦を目に浮かべて。

「…その目、懐かしいな。昔は、いつもそんなキツイ目でピッチに立ってた」

「落ちぶれた人間を毎日眺めて、言葉で嬲《なぶ》って楽しいか。え?」

詰め寄る和久田を、島田が止める。

「ちょっと和久さん。あんたはすぐそうやって、ひねくれるんだから。懐かしくて会いに来てくれてるのに決まってるでしょーが。…あーもう、すいません槙野さん。この人ホント性格サイアクで。どうか気にしないで…」

「俺が楽しんでると思いますか」

ふいに言って、槙野が止まり木から下りた。カウンターに突いた和久田の右手を躊躇なくつかむ。

思いのほか強いその手から、和久田は逃れようとした。しかし槙野の力は和久田を遙かに凌《しの》いでいる。どんなに和久田がほどこうとしても、槙野は微塵も怯《ひる》まない。現役選手との差を、いやでも思い知らされる。

和久田の右手を捕らえたまま、槙野が反抗心を剝き出しにする。

「落ちぶれたって、自分で認めてるわけだ。…へぇ。だったらどうして現状を変えようとしないんです？　言ったはずですよ、壮さん。あなたは俺のヒーローだったって。落ちぶれたヒーローを眺めて、誰が楽しめると思います？」

わかったような口をきかれ、和久田はますます不愉快になった。食いこんでくる槙野の指を剝がそうとしながら、槙野の歪んだ執着を鼻先で嗤《わら》ってやる。

「いい歳をして、なにをひとりで昔のことに拘《こだわ》ってるんだ。バカじゃないのか、お前」

わざと汚く吐き捨てても、槙野は怯むどころか、さらに指先に力をこめてくる。五日間ずっと槙野を無視し続けてきた和久田が反応を示したことで、調子に乗っているのに違いない。

「バカで結構。それでもあなたよりはずっとマシだ。…俺は子供のころから、ずっとあなたのサポーターだった。あなたを見ているのが楽しくてたまらなかった。でもいまは、見ている理由が全然違う。あの自信に満ち溢れたキャプテンが、どうすればこんな卑屈な人間になれるのか、その経緯《いきさつ》を知りたくて観察しているんだ」

「――――いいかげんにしろ！」

声に嫌悪を滲ませて、和久田は槙野を睨みつけた。敵愾心《てきがいしん》に溢れた視線を返されるかと思っていたのに、槙野の目は、なぜだろう…悲しみを帯びているようにも見えた。

戸惑いを覚えながらも、和久田は言った。

「眺めるのはお前の勝手だ。だがこっちは、お前の顔など見たくもないし、説教もされたくねーんだ。もう、終わりにしてくれ」

「…終わりに？」

槙野が眉をひそめた。槙野が反応を示した言葉を、和久田は無意識に繰り返していた。おそらくは槙野がもっとも忌み嫌うであろう卑屈な態度と、媚《こ》びたセリフまで用意して。

「頼む。もう疲れたんだ」

「壮さん？」

「もう勘弁してくれ。頼むから……見逃してくれ」

惨めなものだな…と、和久田は心の中で自分を嘲笑った。惨めで無様で痛々しい、情けないほど醜悪な存在だ。

「ヒーローごっこは、もう疲れたんだ。飽きたんだよ。いいかげん、終わりにしてくれ」

和久田の言葉に、槙野が目を見開き、絶句する。島田が槙野と和久田を交互に見、下手な弁解で場を取り繕おうと慌てている。

「あの…えっと、ホントすみません槙野さん。この人ホント、無愛想なうえにみっともなくて。もう、ホンットト最低のオヤジなんですよ。こんな人、もう気にしないほうがいいですよ。綺麗さっぱり忘れちゃってください。ホント、人生終わってんですから、この人。だからその…」

「ありがとう」

言って、槙野が島田に微笑んだ。財布からウーロン茶代を抜き取り、カウンターにそっと置く。

「ごちそうさま」

「あの…もう帰るんですか？　槙野さん、いま来たばっかり…」

島田の呼びかけには応えず、槙野が無言でドアへと向かう。カラン…とカウベルが寂しく響く。

槙野が足を止めた。こちらに背を向けたまま、言う。

「もう来ません」

「え…？」

島田の疑問符に、槙野が疲れたような声を返す。

「俺の探してる壮さんは、どうやらここにはいなかったみたいなので、他を探します」

「槙野さん？」

振り向いた槙野が、和久田を見る。理解しがたい強い想いを、その目にこめて。

「勝手に終わりにされたくないし、こっちも終わりにする気はない。だけど…逃げないように見張っていろと俺に命じたのは――あなただ」

「……え？」

眉をひそめた和久田から視線を外し、槙野が島田に小さく微笑む。

「ごちそうさまでした、島田さん。五日間ありがとう。さよなら」

「えっと、あの、ま…槙野さんっ」

狼狽《うろた》える島田に軽く片手を挙げて、槙野が店を去っていった。

戻ってきたのは、いつもの時間。レオンが綴る侘しいブルースと、絨毯に染みた安酒の香り。見れば島田は、まだ諦めきれない顔でドアを見つめて立っている。この五日間で、島田は完全に槙野のファンになってしまったようだった。

だとしたら、島田が和久田を責める気持ちは理解できる。和久田としても、その程度には自分のよくない態度を客観的に反省することは、不可能ではない。

望みどおり槙野が視界から消えたいま、和久田の気持ちが決して晴れ渡っているわけではないという現実も。

「和久さんが酷いこと言うから…」

ため息をつき、島田が和久田を非難する。和久田は意識して平然と返した。

「いつもと同じだ」

「だから、いつも酷いって言ってんの！」

捨ててきて！　とゴミ袋を胸元に押しつけられた。槙野が帰ったのだから、もう外に逃げる必要はなかったが、「いいかげんにしてほしいのは、あんただよ！」と島田に容赦なく突き放されて、仕方なく和久田は空っぽのゴミ袋をぶら下げて従業員室に向かった。

灰皿に山と積まれた吸い殻や、ポテトチップスの袋、コンビニの弁当の空箱などをゴミ袋の中に突っこみ、裏口から外に出る。

ビルとビルの隙間の狭い階段を、一段ずつ怠惰に上る。どうせ朝にはカラスに突《つつ》かれ、散らかされるのだとわかっていながら、ゴミ集積所にそれを放りこむ。

路地の突き当たりの大通りでは、たくさんの人々が行き交っている。上空から見れば、きっと新宿は半端じゃない量のネオンで輝きを放っていることだろう。なのにビルとビルの狭間で生きる人間にとって、この街は影だ。新宿ほど影の多い都会はない。

あちこちから、けたたましい音楽と馬鹿笑いが飛んでくるが、それらは槙野の戯言ほどには耳障りではないし、和久田の神経も乱さない。なぜならそれがこの街の匂いであり色であり、風景のひとつだからだ。

雑多であるぶん、紛れやすい。地位も国籍も関係なく、すべてを呑みこみ隠してくれる。どこよりも暗く、優しく。

それなのに、和久田の最後の隠れ家であるこの場所で、いっそ消してしまいたい過去を暴くなどとはルール違反もいいところだ。

ここに太陽は必要ない。光など目障りなだけだ。槙野が来るような場所ではない。

階段の中ほどに腰を下ろし、和久田は煙草に火をつけた。この程度の火でも、和久田の目には眩しく感じられる。闇に目が慣れてしまっている証拠だ。

温い煙を肺に満たし、しばらく溜めてから静かに吐きだした。ゆっくりでありながら、確実に体内が汚れてゆく感覚に、和久田はいつからか癒されることを覚えてしまった。

戻れない体を抱えている自分に、ホッとする。たとえ気持ちがなにかの拍子に暴走し、万が一にもフィールドに郷愁を抱くようなことがあったとしても、この汚れた体が、無謀な希望を打ち砕き、思い止《とど》まらせてくれるだろう。

お前には、もう無理だ……と。

自分はこの街に相応しい。元からここが、和久田の居場所《フィールド》だったのだ。昔見ていた風景は幻であり、夢だったのだ。

そう思うだけで気が紛れる。

「……――壮さん」

背後から、声が降ってきた。

和久田は振り向かなかった。いるような気は、していた。

和久田を五歳のときから思い続けるほどしつこい男なのだ。あれしきの演技に騙《だま》されてくれるとは思えない。

槙野は和久田がいる位置まで下りてはこなかった。薄汚れた階段に座り、路地に背を向けて煙草を吸っている脱落者の背は、日の当たる場所で生きる者にとって近寄りがたい存在なのだろう。

槙野と和久田は歩いている道が違うのだと自覚してくれたのなら、ありがたい。槙野のような、これからを生きる人間に、これ以上踏みこまれたら迷惑だ。

ふたりで手を繋いで進んだ栄光の道は、もう和久田の人生のどこにも存在しないのだから。

「本当に、あなたは終わってしまったんですか。壮さん」

「……」

「あなたには、幻滅させられてばかりだ。あんな卑屈な言葉を吐けば、俺が諦めるとでも思ってたんですか？　俺を、その程度の男だと思ってたってわけですか？」

「知るか」

和久田は煙を乱暴に吐きだし、吸いかけの煙草を階段に押しつけた。立ちあがり、両手をポケットに突っこんで、後ろを見あげる。

街灯に半分だけ照らされた槙野の顔は、なぜだろう…いまにも泣きだしそうに見えた。

和久田は不思議な郷愁に囚われた。はっきりと思い出したわけではない。それでも、東京国立競技場でJリーグが開催されたあの日、じっと息を詰めて和久田を見あげていた幼い槙野少年の懐かしい顔が、そこに朧《おぼろ》げに重なったような気がした。

思わず抱きあげてしまったほど、胸に迫った、あの表情と――――。

「どうすれば、俺の声があなたに届くんだろう」

呟かれて、静かに胸が締めつけられる。動揺している自分に、戸惑う。

「どうしてサッカーをやめたんですか…？」

ああ…と、和久田は気がついた。なぜ槙野が、ここまで和久田に固執するのか。

槙野は変わっていないのだ。あの少年の日から、少しも。

槙野自身も、槙野の中の和久田壮平も。

サッカーが好きでたまらない少年は、いまもサッカーを愛している。男の子なら誰もがウルトラマンに勇者の姿を重ねるように、槙野にとって和久田壮平という選手は永遠のヒーローであるべきで、敗者であってはならないのだ。

ウルトラマンが落ちぶれるのは許されない。だから槙野は「キャプテン」を貶《おとし》めた和久田が許せないのだ。

他人の夢を押しつけられることほど迷惑な話はないのに。

「要するにお前は、自分の想い出を守りたいだけなんだよ」

槙野の耳には決して届かない声で、和久田は自嘲した。

和久田は黙って階段を下りた。ドアノブに手をかけ、槙野を仰ぎ見る。

「俺はヒーローをやめて……俺自身に戻ったんだ」

「…いまのあなたが、本当のあなただということですか？」

苛立ったように聞き返されて、和久田は嗤った。自分の末路を。

「お前がいつかサッカーから捨てられたら、俺の気持ちがわかるさ」

自嘲気味に目を細め、和久田は店へと戻っていった。


「今日も来ねーなぁ」

聞こえよがしに、島田が零す。

「もう三日も来てねーじゃん」

「だから、なんだ」

「なんだじゃないでしょ和久さん。ホント性格悪いよね、あんたって」

乾きものを小皿に取り分けながら、島田がぶちぶちと文句を吐きだす。

深夜三時半。ホールはいつものようにmamaノリコのホステスたちで埋まっている。ママのノリコ、そしてエミと日奈子《ひなこ》、新人のレイ。それぞれの顧客が四人。そこに志保里の姿はない。

タイミングがいいのか悪いのか、客のひとりがママに探りを入れている。

「あのおっぱいの大きい子、最近見ないね。どうしたの」

客の煙草に火を差しだしてやりながら、ママが柳眉《りゅうび》をはねあげる。

「男関係にだらしないから、ちょっと説教してやったのよ。公私の区別をつけなさいってね。そしたら、辞めますぅだって。いやんなるわよ、最近の子は我慢ってものを知らなくて」

言って、ちらりと和久田に視線を投げた。その目は責めているのではなく、どちらかといえば同情が滲んでいる。たった一度とはいえ肉体関係を結びながらも、どうしても志保里を受け入れられなかった和久田同様、ママにとっても扱いにくい女だったのだろう。

「和久ちゃん、ミネラルちょうだい」

その声に、島田が流しの下からミネラルウォーターの空き瓶を二本取りだした。空っぽの瓶に水道水を注ぎ入れ、あたかもいま栓《せん》を抜いたばかりのような顔をしてカウンターにドンと置く。和久田はホールへと回り、ソファ席までそれを運んだ。

ママたちを騙しているわけではない。どこの店でも当たり前のように使う手だ。もちろんmamaノリコでも同様に、水道水を「ミネラル」と呼んで客に出している。

テーブルにミネラルの瓶を置く和久田の頬に、ママが赤いマニキュアで彩られた爪を添える。

「見て見て、このバーテンさん。なかなかのハンサムさんでしょー。知ってる？　元Jリーガーよ、Jリーガー」

「Jリーガーってサッカーの？　うーん、野球だったら知ってるんだけどねぇ。でもその元Jリーガーが、どうしてまたこんなとこで働いてんの」

サラリーマンの率直な疑問に、全員が爆笑する。本気で知りたいわけじゃない。単に盛りあがりたいだけだ。だから和久田も質問には答えず、愛想笑いだけを返しておいた。無関係の人間に笑われても、不思議と怒りは湧いてこない。

だとしたら、なぜ槙野に対してはあれほど強烈な怒りを覚えたのか。

槙野がJリーガーだからか。昔の和久田を知っていたからなのか。一方的な憧れを押しつけられてしまったからか。

どのような理由だとしても、赤の他人に対して辛辣《しんらつ》な言葉と態度をぶつけた大人げない自分に、いまさらながら嫌悪を覚える。俺は最低の人間だ…と。

「ねぇママ。男関係にだらしないって、まさか志保里ちゃん、このバーテンさんとも？」

「それがねー、志保里ちゃんだけじゃないのよぉ。うちの女の子たち、次から次へとみーんな和久ちゃんに食われちゃって。ホント困ってんだからぁ」

「とか言って、ママもバーテンさんにホレてんじゃないの？」

「やめてよぉ、ホレないわよぉ。だって和久ちゃん甲斐性ナシだもん。私が惚れるのは男じゃなくて、お、か、ね」

どっと笑いが起こる。和久田は無言で、空いたグラスや皿を集めてカウンターの前へ戻り、下げてきた食器をトレイごとカウンターに載せた。

水道水入りの瓶を傾け、ママが客に水割りを作ってやっている。こんな低レベルのスナックに通う程度の客に水の良《よ》し悪《あ》しがわかるはずもなく、クレームがついたことは、いまだかつて一度もない。

その程度の客がターゲットなのだと諦めつつも納得し、そのことに安心感を抱いて働きながら、なぜか和久田は唐突に虚しさを感じてしまった。

嬉しいセリフが、脳裏に蘇る。

『また好物が一品増えました』――和久田が手ずから食べさせてやったクラッカーを、槙野はそんなふうに喜んでくれた。

確かに、あのクラッカーは特別だった。あの日営業に訪れた食品業者が、サンプル商品だとの名目で置いていった商品だった。おそらく使っている塩が良質なのだろう。和久田自身も試食して気に入ったが、コスト面で折り合いがつかず、あれきりで終えたメニューだった。

美味いと言われ、ほんの一瞬ではあったけれど、充実感のようなものを感じた。客商売も案外悪いことばかりじゃないと、本当に少しだけ、いまの自分を認めることができた気がした。

気がつけば、無意識にドアを見ている自分。こんな時間に客がやってくるはずもないのに。ましてや第一戦で活躍するスポーツ選手が、未明に歌舞伎町をうろついているわけがない。

なにを期待しているんだ…と和久田は首を横に振り、小さなため息をついた。

「あーもう、ホントわかってねーって。全部和久さんのせいなのに」

カウンターを挟んだ奥では、島田がひとり、タイミングのずれた怒りを吐きだしている。

「水のことならオーナーに言え」

返すと、島田が呆れ顔で目を吊りあげた。

「はぁ？　なに言ってんの和久さん。それってすっげー見当違いなんだけど」

「志保里のことか。だったら俺は無関係だ」

「じゃなくてっ！　俺は槙野さんのことを言ってんのっ！」

島田が声を荒らげても、ホールはママが盛りあげているため、こちらの話に興味を示す者は誰もいない。

タイミングがずれているわけではなかったらしい。和久田はソファ席に背を向け、カウンターに両肘を突いて島田を見た。いまのいままで槙野のことを考えていたと悟られないよう、わざととぼけて訊いてみる。

「それのどこが俺のせいなんだ」

「槙野さん、この店が好きだって言ってくれたでしょ。好きな店に来られなくしたのは、和久さんだって文句言ってんの、俺は」

「店なら掃いて捨てるほどある。ここに拘《こだわ》る必要はない」

「そういう問題じゃねーだろ、和久さんっ」

焦れたように返されて、ついつい和久田も意地を張りたくなってしまう。

「その程度の問題だ。特別珍しい酒やつまみがあるわけでもなければ、綺麗な女がいるわけでもない。ただ古いというだけで、なんの取り柄も特徴もない。こんな店なんて、若いヤツはすぐに飽きるし忘れるさ」

なぜか島田が口を閉ざし、和久田を見つめた。しばらくの間を空けたあと、ぽつりと呟く。

「そういう考え方、ダサくねー？」

思わず和久田は島田を見た。乾きものを盛った皿を和久田のほうへと押しやりながら、冷ややかな目と声で島田が語る。

「そうだよ、わかってるよ。あんたの言うとおり、LEONはすぐに忘れられる程度の店なんだよ。だから俺は、逆に忘れられたくねーんだよ」

「島田…」

「槙野さんが通ってくれるのは、和久さんにイチャモンつけたいからだってわかってるけどさ、それでも俺は嬉しかったし楽しみだったよ、槙野さんが来るのが。和久さん、あんたは槙野さんの楽しみだけじゃなく、俺の楽しみも奪ったってことに気づいてねーの？」

腰に手を当てた島田が、声にさらなる非難をこめる。

「自分さ、ドアばっかり見てるだろ。真面目に聞けよ、イヤミじゃないから。つか、俺もだからさ。槙野さん来ないかなって、そればっか気にしてるよ。…気持ちいい時間をすごしてもらってナンボの世界だろ？　美味いものがあるわけじゃねーし、水だって不味いのわかってるよ。でも落ちつける。素《す》に還《かえ》れる。それがこういう店の存在価値ってやつじゃねーの？　もしかしたら槙野さんは、いつも人目に晒されて気を使って疲れててさ、だからこそ、あんたや俺を相手に本音をぶちまけて、すっきりしてたのかもしれねーのにさ。そういう本音で語り合える場所ってやつを、ＬＥＯＮが提供できてたのかもしれねーんだし。そういう貴重なお客さんを平気で蔑《ないがし》ろにして、簡単に諦めてしまえるあんたが、すげー情けなくてイライラすんだよ、俺は」

言うだけ言った島田が、蛇口を捻って皿を乱暴に洗い始めた。

和久田は呆然と、島田を眺めた。口うるさい、いやな野郎だと思っていたのに。

どうやら誤解していたらしい。

島田のほうが、自分よりずっと大人だ。生きることに前向きで、大真面目で懸命だ。

でも和久田は、とうの昔に前向きに生きることを放棄した。だから羨ましいとは思っても、そこに戻りたいとは思えないし、戻れないのだ。もう。

島田の若さが、和久田には眩しかった。同時に、つらいとも思った。正論を突きつけられるたび両肩に疲労を感じ、全身が重くなる。

なにもかもが煩わしく、面倒で、苦しさばかりが募ってゆく。

意見されて、そのとおりに変われれば楽だろう…と思う。だが、変われないとわかっているから、その落差に、いっそ耳を塞ぎたくなるのだ。聞かずにいれば、もうこれ以上は苦しまずに済むのではないかと思うから。

言われれば、刃向かいたくなる。弱音を吐き続けることがなぜいけないのだ、と。なぜ立ちあがり、前に進まなきゃならないのかと。そこに留まっていることを、なぜ他人に非難されなければならないんだと。

ときには逃げたいと思うときだって…消えてしまいたいとさえ願う日もあるのに。


「…ちょっと、外を掃いてくる」

返事もくれない島田の後ろを通り抜け、和久田は裏口から外に出た。空気が生温かい。向かいのソープの換気口から吐きだされる湯気が、和久田の気持ちをさらに湿らせ、錆《さ》びつかせてゆく。

箒《ほうき》を手に路地へ上がると、ひとりの浮浪者が電柱の脇に蹲《うずくま》っていた。昨日もそこにいた気がする。生きているのか死んでいるのか。生きているなら、今夜は食事にありつけたのだろうか。死んでいるなら、次に和久田が出勤してきたときには「撤去」されていることだろう。

哀れだとは思わない。明日は…我が身だ。

浮浪者の眠りを妨げないよう表に回り、階段を一段一段掃いてゆく。間もなく五時。始発が走る時間だというのに、どこかでカラオケが鳴っている。

眠らない街とは、よく言ったものだ。終わりがどこで始まりがいつか、きっと誰にもわかりはしない。

いつ終わるのか、なにが終わりなのか、和久田にも見えない。

眠りたい。なにも考えず、ゆっくりと。目覚めたときにすべてが終わっていたら最高だろうに。

なぜなら、いまより荒《すさ》んだ生活は他にないだろうから。

そう、いっそ最初からこんな生活ならよかったのだ。頂上からの景色さえ知らずにいれば、ここまで卑屈になることもなかっただろう。この毎日を楽しめる自分でいられたかもしれない。

「和久ちゃーん、お掃除ご苦労さま」

ママが店から現れた。客たちもそれに続く。和久田はママたちのために外側からドアを支えてやり、帰っていくひとりひとりを見送った。

カウンターで電話が鳴っている。受話器を取った島田が二言三言話したあと、無言で和久田を手招いた。受話器を和久田に突きつけて、「んじゃお先に」と、目も合わせずに裏口へと退却する。

「お疲れ」

島田の背中に短い挨拶を投げ、和久田は受話器を耳に当てた。

「もしもし」

『…もしもし。和久ちゃん?』

間を置いて、聞き覚えのある声が遠慮がちに名乗った。

『…あたし。志保里だけど』

「……ああ」

声には疲労が滲んでいた。気怠い声だ。かなり飲んでいるらしい。

『あたしね、新しいお店に移ったの。ごめんね、黙ってて。ＬＥＯＮのすぐ近くなんだ。いつでも和久ちゃんに会えるってわかってるけど…やっぱりちょっと寂しいかな。あのね、あたしいまから帰るとこなの。和久ちゃんは？』

志保里の手だとわかっていながら、和久田は誘いを受け入れた。俺もいまから帰るところだと。

志保里が続ける。安心したように小さく笑って。

『あたしね、引っ越したの。マンション。狭いけど綺麗なとこだよ。…ちょっと寄ってかない？』

甘えるような疑問符に続き、探るような声音が続く。

『でもそんなことしたら和久ちゃん、塔子さんに合わせる顔がなくなっちゃうかな』

「…そんなことはない」

『だよね。大丈夫だよ。安心して。あたし、誰にも言わないから』

志保里が囁いた直後、とても静かにカウベルが鳴った。

現れたのは、志保里。携帯電話を手にした志保里は、愛らしい顔を勝利の余韻に染めていた。

「もしもし、和久ちゃん？　じゃあ、いますぐそっちに行くから…」

志保里が微笑む。…誰かに殴られでもしたのだろうか。志保里の頬には痣《あざ》ができ、反対側の唇の端は切れて鬱血していた。

「でもね和久ちゃん。あたし、いまちょっと酷い顔なの。だけど気にしないでくれる？」

「…ああ」

頷くと、志保里が携帯電話を折りたたみ、バッグに入れた。再び笑おうとして…失敗し、顔を歪ませて駆けてきた。

和久田に飛びつき、いきなり唇をぶつけてくる。息を乱して志保里が誘う。

「行こ…和久ちゃん。あたしのマンション。ベッド、大きいの。ダブルなんだよ。カーテンだってすごく綺麗な花模様なの。部屋だってすごく広いよ。ここから近いの。塔子さんちに帰るより、ずっと楽だよ。五分でLEONに通えるんだから。ね、和久ちゃん」

志保里の声が、和久田の手足に絡みつく。和久田から思考を奪ってゆく。

和久田は無言で手を伸ばし、志保里を抱きしめた。

眠りたかった。なにも考えず、ゆっくりと。


「なにか飲む？　和久ちゃん」

作り物の胸元を隠して、志保里が微笑む。

先にシャワーを浴びた志保里が、バスタオル一枚だけを裸体に巻きつけて冷蔵庫を開けている。そんな艶《なま》めかしい女の姿を、和久田はなんの感慨も欲情もなく、ただ眼球に映している。

下のほうに詰めこんである缶ビールを取りだそうとして、志保里が上体を深く曲げた。バスタオルの丈が足りなくて、志保里の陰部が赤裸々に晒される。濃い色のそこに、和久田の視線が釘づけになる。

「ドライか酎《チュウ》ハイ。どっちがいい？　和久ちゃん」

問いかけを無視して、和久田は志保里の背後に立った。指を滑らせて確かめてみた志保里のそこは、すでに雫《しずく》が垂れるほど潤っており、和久田の指を易々と呑みこんでしまった。

「やだ…和久ちゃ、ん…っ」

缶ビールをゴトゴトと床に落とし、和久田の指を締めつけたまま、志保里が腰をくねらせる。

「まだだめ…っ、和久ちゃ…ん…」

指一本で早くも盛りあがっている志保里を冷めた思いで眺めながら、和久田は中指をさらに奥へと押しこんだ。「だめ」と弱々しい抵抗を口にのぼらせつつも、志保里が和久田のもう一方の手を胸へと誘う。

和久田は志保里の背に覆い被さるようにして、指でヴァギナを執拗に虐《いじ》めた。バスタオルの上から左の乳房を揉んでやると、志保里は「いや」と首を振りながらも、自分でタオルを剝いでしまう。

全裸の志保里が、和久田を誘う。和久田の手足に自分の手足を絡ませて、奥の寝室へ巧みに誘導してしまう。

志保里が言っていたとおり、ベッドはダブルだった。志保里の稼ぎでどうしてここまでの環境を整えることができるのか…との疑問が頭を過ったが、和久田は流されるままに服を脱ぎ捨て、志保里の上に身を重ねた。

あと数回、志保里のヴァギナを往き来すれば、気持ちよくフィニッシュできたはずなのに。気づけば和久田は、宙を飛んでいた。いや違う。気づいたときにはもう、壁に叩きつけられていたのだ。

思いきり後頭部と背中を打ちつけた和久田は、自分の身になにが起きたのか、まったく把握できずにいた。どこからか聞こえてくる罵声の内容を理解したころには、再び宙を飛んでいて、今度は床に伸びていた。

脳震盪《のうしんとう》を起こしかけている頼りない頭で、なんとか確認した事実は、どうやら現在、志保里の部屋には和久田以外の男がいるということだった。男は暴力団関係者であるらしく、ランニングシャツを着ている両肩から、濃い色の入《い》れ墨《ずみ》がはみだしていた。

「亭主の留守中に男を連れこむとは、いい度胸してるな、おおっ⁉」

知らないうちにヤクザの女になってしまっていた志保里が、なぜ和久田を誘惑したのか。理由など知りたくもなかったのに、自分の男に何度も横っ面を張られて逃げ惑いながらも、志保里がヒステリックに叫んでしまった。

「和久ちゃんがいけないのよっ！　あたしと寝たくせに、ずっと無視するから！　mamaノリコを辞めたのだって、全部和久ちゃんのせいなんだからっ！　塔子なんかのどこがいいのよ！　会いに行ってびっくりしたわよ、どこから見てもおばさんじゃない！　和久ちゃんと寝たって教えてやったらブチキレてさ。返せだってさ、図々しい！　あたしの顔こんなにしやがって…あの女！　塔子なんて死んじゃえばいいんだッ！」

半狂乱になりながら、志保里が和久田に目覚まし時計を投げつける。そんな志保里を男が殴る。志保里が枕を振り回し、男に刃向かう。

ふたりの攻防から必死で逃れ、和久田は自分の服をかき集め、一目散に玄関へと逃げた。

「まてこらぁ！　極道の女に手ェ出して、生きて帰れると思ってるのかっ！」

背後から首をつかまれそうになって、和久田は懸命にそれを避けた。志保里が男に灰皿を投げる。怒った男がまたしても志保里に手を上げる。

その隙に、和久田は逃げた。服を拾い、エレベーターに転がりこむ。一階に到着するまでになんとか体裁を整えたものの、靴は履いてこられなかった。

集合ポストに朝刊を放りこんでいた配達員と鉢合わせし、怪訝《けげん》な目で見られたものの、和久田はとっさに顔を伏せ、そそくさとマンションをあとにした。

けれど、どこに帰ればいいのだろう。

塔子の元には、もう戻れない。おそらくヤクザの手が回る。こんなことになって塔子はきっと和久田を恨むに違いない。

あてもなく逃げる足の裏に、突然鋭いものが突き刺さった。反射的に飛びあがってしまった和久田は、その正体に舌打ちした。潰れたペットボトルだ。どこにでも転がっている、ごく普通の。

こんな、なんの変哲もない物体に傷を負わされてしまった。痛くて痛くて、歩くことすらままならないほどの傷を。

片足を引きずりながら、まだ交通量の少ない車道を斜めに渡り、和久田はようやく息をついた。テナントビルのシャッターに凭《もた》れ、足の裏を確認する。

小さな傷だが見た目より深い。体重をかけると膝のあたりまでズキズキする。

「自業自得だ…」

気弱な感情が静かに零れ、そんな自分に驚いた。

なにげなく漏れたその言葉が、じつはさまざまな要因を正確に表すものであったと気づいたとたん、えも言えぬ痛みに胸を貫かれた。

志保里の痛み、塔子の痛み、島田の痛み――槙野の痛み。

そして、きっとどこかで対処を間違え、意地とプライドに目隠しされ、歩むべき道の選択を誤った果てに、自分自身でぶち壊してしまったサッカー人生の…痛み。

いやな汗が額に浮き、無精髭の生えた顎まで伝う。

「俺だって……本当は」

汗とともに、後悔が滴り落ちる。

「終わらせたくなんか、なかったんだ…っ!」

自業自得という言葉を、和久田は苦い思いで噛みしめた。

「どうした槙野、どこか体調でも悪いのか」

背後から声をかけられ、槙野はリフティングをやめて振り向いた。立っていたのは、チーム名の入ったブルゾンを着た眼鏡《めがね》の男だ。

若かりしころは高校生リーグで活躍し、高校サッカー史に名を残した小林広勝《こばやしひろかつ》。いまは東京レックスのメンタル・アドバイス・カウンセラーとなって、主に槙野たち若手の心のケアやライフサポートに従事している。現役を引退して十数年は経つのに、現役時代とほとんど体形が変わらないのは、徹底した自己管理の賜《たまもの》だろう。

変わらない外見といえば、和久田もそうだ。自堕落…と決めつけるのは行きすぎかもしれないが、夜型の生活を送っているにも拘《かか》わらず、硬質な印象はまったく変わらない。…いや、昔よりいまのほうが、余分なものが削ぎ落とされているようにも感じられる。

暗い店の、さらに薄暗いカウンターの向こう側で、黙って酒を作っていた和久田。壁に凭れて煙草を吸い、怠惰に煙をくゆらせていた和久田壮平。

高村たちと新宿に繰りだしたあの夜は、槙野にとって運命だった。

和久田だと認識した瞬間に、息が止まった。直後に、まさか――と鼓動が逸《はや》った。こんなところにいるわけがないと、何度も彼を盗み見ながら、冷静になれと自分に言い聞かせた。

だけど本物の和久田壮平だとの確信を得たらもう、暴走する感情を抑えることなど到底できなくなっていた。

ひとりで馬鹿みたいに興奮して、一方的に好意を押しつけて、相手の気持ちを考える余裕なんて微塵もなかった。その結果、和久田を深く傷つけたことは…認める。

『お前がいつかサッカーから捨てられたら、俺の気持ちがわかるさ』――。

この二週間、和久田のあの言葉が小さな棘となり、胸の奥にずっと引っかかっている。

ぼんやりと思いを巡らせていると、小林が槙野の隣に立ち、他のメンバーの練習風景に目を細めつつ伸びをした。

「いい天気だなぁ」

選手に話しかけるときの、いつものセリフ。どんなときにも小林は、長閑《のどか》な前置きを忘れない。

「久々の紅白試合だから張り切ってるんだろうなぁ。今日は井浦がずいぶんいい動きをしている。うちのフォワードではピカ一だ。そう思わないか、槙野」

「…はぁ」

ボールに足の裏を乗せ、弛く前後に転がしながら、槙野は気のない相づちを小林に返した。そんな槙野を横目で見つつ、のんびりとした口調のまま小林が本題を切りだす。

「それに比べて今日のお前は、全体的に反応が遅いなぁ。いまもコーチに頭を冷やせって言われて、ピッチの外に出されたんだろ？　聞こえてたよ。で、どうした。腹でも壊したか」

「腹は…調子いいです。すみません」

謝ると、小林が目尻に笑い皺を刻んだ。

「叱っているわけじゃなくて、心配しているんだよ。体調に問題がないなら、悩み事か？」

穏やかな気遣いを見せてくれる小林の献身的な姿勢が申し訳なくて、つい本音を零してしまう。

「悩みってほどでもないんですけど」

「なんだ、言ってみろ」

ぼり…と槙野は頭を掻いた。確かにひとりで悶々《もんもん》とした気持ちを抱えているより、誰かに吐きだしてしまったほうがすっきりする…とは、思う。

だが一体どこから話を始めればいいのか困惑していると、小林が槙野の脇を肘で突いた。

「わかった。女だろう」

眼鏡の下でニヤリと笑われ、槙野は慌てて訂正した。

「ち、違いますよっ。俺、彼女なんていませんから」

「嘘をつけ。うちにくるファンレターは、二年連続トップだった成田《なりた》を抜いて、いまやお前がダントツだ。笑顔が爽やかで男らしくて、スポーツマンの鑑《かがみ》だとマスコミも大絶賛だぞ？　それだけのルックスなら、女の二人や三人抱えていてもおかしくはない」

「違いますって。いい歳してこんなこと言ったら笑われるかもしれませんけど、俺の恋人はサッカーなんです。昔からずっとそうですから、ホントに」

真顔で訴えると、なぜか小林の顔から笑みが消えた。

「サッカーが恋人と言い切るお前が、その愛するサッカーの練習中に一体なにを考えていたんだ」

カウンセラーならではの質問をぶつけられて、槙野は返答に詰まってしまった。

足の裏で弾ませていたボールを爪先で蹴りあげ、手に受けて、また手の中で転がして、散漫な思考をまとめる努力を一応してみる。

前方に広がる鮮やかな緑のフィールドでは、黄と赤のビブスで二組に分けられたチームメイトたちがボールを奪い合っている。中でも井浦の、どこか往年の和久田を彷彿《ほうふつ》とさせる敏捷《びんしょう》な身のこなしに何度も感嘆の息をつきながら、槙野は白状した。

「何年もずっと想い続けていた人に、先日ようやく再会できたんです」

「へぇ。お前にそんな相手がいたなんて初耳だな」

「そりゃ誰にも言ってませんから。願い事は人に話しちゃダメだって母から教わったことがあったので。誰かに言うと叶わなくなる…って。だからずっと内緒にして、願《がん》かけてました」

「そうか。じゃあやっと願いが叶ったわけだ。なのにどうしてそんな浮かない顔をしている？」

「嫌われたんですよ。鬱陶しいって。もう終わりにしてほしい…って」

「へぇ。そりゃ辛辣だな。なんでまた、そんなことになったんだ」

次から次へとテンポよく突っこまれ、槙野もつい口を滑らせてしまう。

「俺が突っ走りすぎたんだと思います。やっと会えた相手が、イメージとずいぶん違っていたから…ショックで、その変化を一方的に責めてしまったので」

「そりゃ相手は気分を害しただろう。歳をとれば誰しも変わる。望むと望まざるに拘わらずな」

呆れ半分、咎め半分で静かに諭され、槙野は鼻の下を手の甲で擦って頷いた。

「…ですよね。だから再会したその日に、とことんまで嫌われました。自業自得です」

正直に認めると、小林に笑われてしまった。槙野自身も苦笑しつつ先を続ける。

「それなのに俺、毎日押しかけて…こんな男、疎《うと》ましがられて当然ですよ。警察に通報されないだけ、まだマシなのかも」

大きなため息をひとつついてボールを足元へ落とすと、同情の口ぶりでそっと訊かれた。

「まだ会いたいのか？　それとも、もう懲《こ》りたか？」

槙野は苦笑し、ボールを爪先で操りながら首を横に振った。

「懲りてませんよ。会いたいです。ああ…会いたいというより、腹を割って話したいって感じかな。あの人の話を聞きたいんです。俺の知らない間にどんなことがあったのか、毎日なにを見て、考えて、感じながら暮らしてきたのか。あの人のことを俺が知らないのは、なんだか不公平な気がして。…勝手だってことはわかってるけど、俺、あの人のことを全部知っていたいんです。いいことも悪いことも、全部」

「…そこまで想われていると知れば、きっと相手も心を開いてくれるさ」

目尻を下げる小林に、槙野は小さく肩を竦めた。

「でもあの人は、俺の話なんてまともに聞いちゃくれませんから。俺の気持ちが相手に伝わったうえで玉砕するならまだ諦めもつきますけど、中途半端じゃ絶対納得できません、俺は」

強気に言い切ってみたものの、槙野は同時に自嘲していた。槙野の気持ちなど、別に和久田は知りたくもないだろうに。我ながら和久田に同情する。こんなに想われて迷惑だろう、と。

ふいに小林が槙野の肩に手を乗せ、軽く前後に揺さぶって苦笑した。

「なんだか思い出すな」

「なにをですか？」

「お前、和久田壮平って知ってるか」

その名を告げられ、槙野の心臓が飛びあがった。ドキドキドキ…と加速する鼓動を懸命にごまかしながら、嘯《うそぶ》く。

「レックスのミッドフィルダーだった…ってことくらいなら」

それを受けて、小林が懐かしそうに目尻を下げる。

「俺の後輩だったんだけどな。とにかくまぁ頑固な男で。こうと決めたら俺たちの意見なんて聞きゃあしない。脇目も振らずに突っ走って玉砕するところなんて、お前そっくりだよ。だけど心根はいいヤツだった。ピッチでの冴えや統率力も抜群だった。そこも、お前と似ているな」

「似てませんよ、ちっとも。あんな人に似てるなんて言われたくもない」

ふてくされると、小林が眉をはねあげた。

「なんだ槙野。お前、和久田の情報に詳しいのか？」

「…日本を蹴ってイタリアを選んだくせに、勢い余って自爆した人でしょ。ファンに対して一言の説明も謝罪も釈明もナシで消息不明。それだけしか知りません」

うーん…と唸り、小林が腕を組み替える。否定的な槙野の言い草に困惑しているのだ。

「自爆…は、まぁ否定しないが、それでも和久田は諦めずに、ヨーロッパ中を回ったんだ。雇ってくれるチームを探すためにな。だが、結局はダメだった。レックスの代表《ちう》に帰国の旨を電話で伝えてきたときには、確かもう三十二歳だったんじゃないかな」

「え……っ」

槙野は目を丸くした。驚く槙野に頷きながら、小林が事情説明を続ける。

「レックスでやり直したいと、和久田は代表に頭を下げたそうだ。あの自信家の頑固者が人に頭を下げるなんて、よほど追いつめられていたんだろう。…現役に拘り続ける和久田の気持ちを汲《く》んで、代表と監督は極秘で和久田の入団テストをしたんだ。俺もそこに呼ばれてね。和久田のパス練習の相手を務めた。…和久田は本当によく頑張ったよ。だけど向こうで傷《いた》めた右足がね…。監督としては、以前のレベルの和久田ならという条件だったから、結局は選手採用を見送ったんだ。中盤専属のコーチの枠なら用意できるから、そうしないかって持ちかけてね。でも和久田自身、選手として復帰できないのはプライドが許さなかったんだろう。だから、あいつが消息不明になったのは、正確にいえばここ数年のことだ」

目を見開いたまま、槙野は絶句してしまった。

和久田が、最後まで現役でプレーすることを望んでいたなんて。

イタリアで解雇されてすぐサッカーをやめたわけではなかったのだ。捨てたわけでもなければ、諦めたわけでもなく。

彼は最後まで、フィールド上で戦うことを望んでいたのだ。

「……っ」

知らなかったとはいえ、自分はなんて酷い言葉を和久田に浴びせてしまったのだろう。

サッカーをやめたのはイタリアで失敗したからだろう…とか、その程度のことでサッカーをやめてしまえるのか、とか。

和久田はたったひとりで何年も、何度も打ちのめされながら、がむしゃらに戦い続けていたのに！

動揺のあまり、苦渋に満ちた声が唇から漏れる。

「どうしよう…小林さん。俺、その人に酷いことを言ってしまった。こんな生活で満足するような人だったなんて…って。惨めなのはあなただけじゃない、あなたがその程度の人だとは知らずに、いつまでも憧れ続けていた俺自身が惨めで情けない…なんて。心から憧れていたからこそ…

…なんかもう、悔しくて」

下唇を嚙みしめる槙野に、小林が優しい声をかけてくれる。

「酷いことを言ったと反省しているなら、謝りに行けばいいじゃないか」

「謝って許してくれるような人じゃないですよ」

「許してくれるまで、何度も謝ればいい。諦めたら、そこで終わりだ」

諦めたら終わる――――重い言葉だ。終わらせたくないからこそ、和久田だって歯を食いしばり、ヨーロッパの地にしがみついていたのだ。

なのに自分は、和久田を追いつめただけでなく、和久田自身に、なにもかもが終わってしまったかのようなセリフを吐かせてしまった。「終わりにしてくれ」という、耳を覆いたくなるほど寂しい言葉は、槙野が無理やり言わせてしまったようなものだ。

なのに槙野は怯んだ。その言葉に答えるのを恐れて。和久田との終わりを確定されるのが怖くて、自分の本音を曖昧《あいまい》にしたまま……ここに、こうして、逃げている。

「でも…どうしてこんなに執着するのか、その理由もわからないのに」

「会いたい気持ちに、理由が必要なのか？」

本気で目を丸くされ、槙野はきょとんとしてしまった。

「好きなんだろう？　その人が」

「す…――――き、です」

「なら、それでいいじゃないか」

笑顔で背中を叩かれて、ようやく槙野は目が覚めた。

ただ、好きなのだ。和久田が。だから会って、側にいて、彼と話をしたいのだ。

罵声を浴びせて絡んで蔑んで、反抗心を剝きだしにしてでも、和久田に関わっていたかったのだ。反発することで和久田の中に、無意識に自分を刻みつけようと踠《もが》いていたのだ。

和久田がこちらを見てくれないから。だから和久田を傷つけてでも、あの人の心に刻まれようと必死になっていたのだ。

確かに和久田は変わってしまった。それでも、戦いの果てに疲れきった体を酒と煙草で紛らわせている静かな和久田は、以前の和久田が自力で辿り着いた姿に違いなかった。

和久田は、和久田だ。戦いに疲れたというなら、癒してやればいいのだ。もうサッカーを忘れたいと望むなら、世間話に花を咲かせるのでもいい。槙野の知らない現在の和久田を…例えば昔は吸わなかった煙草について、いろいろ知りたいことがある。好きな銘柄や、一日に吸う本数とか。あまりに本数が多いようなら、吸いすぎないよう見張らなければ。…お節介だと怒鳴られるかもしれないけど。

訊きたいことは他にもある。どんな酒が好みなのか、アルコールには強いのか弱いのか。この間はウォツカをストレートで呷っていた。…きっと相当の兵《つわもの》だ。

和久田の好きなアンチョビ料理のレパートリーも、教えてほしい。できれば槙野のマンションで、ふたりしてアンチョビのフルコースを作り、片っ端から平らげてみたい。そんな日はウーロン茶ではなく、和久田に水割りを作ってもらうのも楽しいだろう。

「ちゃんと…戻ってきてくれたじゃないか」

自然に零れた呟きを、槙野は小さな幸せとともに噛みしめた。

槙野の和久田壮平は、そこに存在していたのだ。槙野が見誤っていただけだ。

槙野は両手で顔を覆い、天を仰いだ。やっといま、和久田壮平と再会できたような気がした。手を伸ばせば触れられる距離に、和久田はいる。その事実に、胸が震える。

声をなくしてしまった槙野を見あげ、小林がそっと訊いてくる。

「そんなに惚れてるのか？　その人に」

「惚れてるとか…そんなんじゃないですよ。そうじゃなくて、きっと俺の一部なんだ」

言って、槙野は何度も頷いた。こんな自分が不思議でならない。どうして自分は、これほどまで和久田を求めてしまうのだろう。子供のころに受けた強烈な印象や感動が、いまもまだ色褪せることなく心に…というより、細胞に染みこみ、心身の成長とともに大きく育ってしまったとしか思えない。

和久田への思いは血となり、肉となって、槙野の体を駆け巡っている。そんな彼の存在をいまさら終わりにするなんて…諦めるなんて不可能だ。槙野はずっと、和久田とともに生きてきたのだから。

勝手な思いこみかもしれないけれど、いまの和久田は槙野の目には、意地を張っているだけのように映っている。

店のカウンターを挟んで、槙野と島田が他愛のない話で盛りあがっているときに、ときおり覗かせる穏やかな横顔。もしかしたら本当は和久田も、槙野が訪れるこの時間を、少しは心地よいと感じてくれているのではないか…などと密かに浮かれてしまうほど、その表情に確かな変化を発見していた。そうして拾い集めた和久田の断片は、いつしか槙野の宝物になっていた。

思い過ごしの妄想だと一笑されても仕方ない。それでも槙野は日を追うごとに、また一歩和久田に近づけたような、そんな錯覚に酔いしれていたのだ。

「好きな人を虐めてしまうのは、ガキのころから成長していない証拠ですよね…」

自嘲して、槙野は踏みつけていたボールを爪先ではねあげ、利き足の甲でホールドする。

不安になったとき、寂しくなったとき。いつも槙野はボールと戯《たわむ》れた。

左右の足を使ってボールを操っていると、いやなことを全部忘れられた。昔からそうだ。ボールを蹴ると元気になれる。とことんまで落ちこんでも、ボールを通して和久田の気配を感じていた。そうすれば、槙野は必ず立ち直れた。

どんなときも和久田が心の中にいた。魂の中に宿っていた。倒れそうなときは手を引いてくれ、肩を抱き、背を押してくれた。あの強い目と声で、常に槙野を奮い立たせてくれたのだ。

いま、自分がここにいるのは、和久田壮平がいたからだ。

「…なんか、やるだけやってみようって気になってきました」

高く蹴りあげたボールを手に受けて、槙野は小林に笑みを向けた。

「どうせ諦めきれないなら、とことんまで追いかけてみます。粘りが俺の強みかなって、そう思うから」

「そうか」

「いままでは俺があの人に支えてもらっていたけど、これからは、俺があの人を支えられるような…あの人に必要とされるような、そんな男になりたいんです」

満面に笑みを湛《たた》え、小林が大きく頷いた。

小林に聞いてもらえたことで、完全に吹っ切れたような気がする。勝手にスッキリしてしまった槙野など、和久田にとってはますます迷惑な存在かもしれないが。

それでも、もう諦めないと心に決めた。

「サッカーを疎《おろそ》かにしてるつもりはなかったんです。それについては申し訳ありませんでした。仕事に影響が出るようじゃ自分で自分が許せないし、俺、今夜にでも彼に会いに行ってきます」

言うと、小林が目を丸くした。

「彼?」

不思議そうに訊かれて、今度は槙野がきょとんとする番だ。

「ええ、そうですけど」

「彼って、男か?」

「はい。俺より一回り年上の男の人です」

当然のように返すと、目だけでなく、口までぽかんと開けられた。

そこで槙野はようやく気づいたのだ。小林が、なにをどう勘違いしてしまったのかを。

疑惑の目を向けられて、槙野は真っ赤になってしまった。

「ち…っ、違いますよ小林さん！　それ、完全に誤解ですからっ」

慌てて訂正しようとする槙野の背中に、タイミング悪く鬼監督の怒声が飛んでくる。

「槙野！　頭は冷えたのか！　ぼけっとしてないで高村と交代しろッ！」

「はいっ！」

振り向きざまに返事した槙野は、一仕事終えて上がってきた高村からキャプテンの腕章を譲り受け、素早く腕に通してスタンバイした。

「おい槙野っ」

小林に引き留められて、なんですかと振り向くと、神妙な口調に困惑を何段も重ねたような顔で慰められてしまった。

「槙野。お前ほどいいヤツなら、絶対相手に思いは通じる。ホモでも恥じることはないぞ。元気を出せ。な？」

「いえその、だから違…」

「こら！　早くしないか槙野ーッ！」

「うぅ〜」

地団駄を踏みつつ、「それホント、誤解ですからね！」と悲痛な声を小林に投げつけ、槙野はフィールドへ駆けていった。


「おつりはいりませんから」

早口で言って、槙野はタクシーから飛び降りた。逸《はや》る気持ちを抑えながら、ＬＥＯＮへと足を急がせる。

途中、ファンに見つかって足止めを食らったりしないよう、槙野は顔を伏せたまま、持ち前のフットワークを生かして人込みを軽やかに擦り抜け、路地裏へ入った。そのとたん、表通りとは匂いも景色も、人種までもが一変する。それでも槙野は躊躇なく、奥へと足を進めた。

しばらく遠ざかっていた間に、周辺の店の看板が新しいものに替わっている。新宿の景色の移り変わりは、本当に早い。

そんな中でも、和久田の勧めるＬＥＯＮはもう今年で十五年目と息が長い。いつだったか、島田が得意げにそう教えてくれた。生存競争の激しいこの街で十五年も生き残っていられるのは、街がＬＥＯＮを必要としているからだ、と。

最初は槙野も、LEONに行く目的は和久田に会うためだけだったが、珍しい酒や食べ物が用意されているわけでもないあの適度に怠惰な空間が…光の狭間にひっそりと存在する影のような場所が、なんともいえず落ち着くから、つい足を延ばしたくなるのだった。

だが今日は、百パーセント和久田に会うため。いろいろと悩んでいたせいで、足が遠のいていた。…といっても、日数にすればほんの十四日程度のことなのだが。

でも、それでもずいぶん離れていたような気がする。

「嫌われてるのに…懲りないよな、俺も」

自分の行動を咎める声さえ、浮かれている。心なしか足取りも弾んでいる。あと二十歩ほどで和久田に会える…なんて、恋する乙女でもあるまいに。

そういえば、昼間の練習試合の最中に小林に誤解されてしまったままだ。ホモだ、などと。

「なんで、そうなるんだよ」

ブツブツと文句を唱えはしても、要するにホモだと誤解されてしまうほど、和久田への思いを熱く語っていたのだろうかと、逆に不安になってしまう。

「だから、ずっと憧れてた人なんですって」

小声で弁解してみるが、やたら虚しく気恥ずかしい。

和久田にも、そんなふうに誤解されていたら…かなりヤバイ。だからあれほど毛嫌いされていたのかもしれない。だとしたら今日は、その誤解も完全に解く必要がある。

「でも自分から切りだすのか？　俺はホモじゃありませんって。それって余計に疑わしいだろ」

独り言をぶちぶちと吐きだしている間に、ＬＥＯＮへと続く階段の上に立っていた。自然、背筋が伸びる。

狭い階段を、軽い緊張と懐かしさを感じながら、一段一段下りてゆく。と、木のドアにはめこまれたガラスの向こうに、カウンターでグラスを拭く島田の姿が見えた。相変わらずのひょうひょうとした横顔を見ただけで、自然に頬が弛んでしまう。「ただいま」と入っていくのは、少々図々しすぎるだろうか。

槙野はノブを回し、カウベルの音を響かせた。「いらっしゃいませ」と顔を上げると同時に、島田が口と目を大きく開いた。直後に笑み崩れ、グラスを脇に押しやり身を乗りだす。

「槙野さん！　なんだもう、久しぶりじゃないですかっ」

感情丸出しの嬉しい出迎えを受け、槙野の目尻も大いに下がる。店は相変わらずの閑古鳥だ。槙野も遠慮なく再会の喜びを声にした。どちらからともなく右手を伸ばし、笑顔で握手を交わしてしまう。

「ご無沙汰です。元気でした？　島田さん」

「ホントご無沙汰すぎですよ。途中、テレビや雑誌でレックスの情報はチェックしてましたけど。そのたびに俺、もう二度と来てくれないのかなって泣きそうになっちゃいましたよぉ」

言われて槙野は、照れを咳払いでごまかした。待っていたと教えられれば、素直に嬉しい。それに、もしかしたら和久田も…などと、得意の思いこみが早くも頭を擡《もた》げる始末だ。

赤い顔を見られるのも気恥ずかしく、槙野は店内を見回した。でも島田と自分以外、誰もいない。和久田の姿も、気配さえもない。

浮かれ気分が、ゆっくりと温度を下げてゆく。

「あの…壮さんは？」

笑みを作って訊ねてみたが、島田の表情が困惑めいたものに変わった。槙野の背中に、いやな汗がうっすら滲む。

まさか、しつこい槙野に嫌気が差して、店を辞めてしまった……とか？

「壮さん、今日は休み？」

再び質問すると、島田が視線を宙に泳がせ、再びグラスを磨き始めた。

「休みっつーか、その…いないっつーか」

「いないって、どういうこと？」

槙野は反射的に島田の手首をつかんだ。島田がギョッと身を竦め、動かしていた手を止める。

構わず槙野は島田の手首を引き寄せ、逃げようとする視線を正面から捉えた。

「いないなら、いまどこにいるんですか」

和久田がいなくなったなど、信じられない。…いや、そうじゃない。それこそ本当にあり得そうで、いきなり焦燥が襲いかかる。

これからだ。これから和久田と、始められるはずなのだ。槙野は一度、和久田を失った。なのにまた待たされるなんて、そんなこと耐えられない。

痛いっす、と遠慮がちに訴えられ、あ…と槙野は島田から手を放した。すみません…と小声で謝り、同じ質問をもう一度繰り返す。

「壮さんの居場所、教えてください。どうしても話したいことがあるんです」

お願いしますと頭を下げると、島田が深いため息を落とした。蝶ネクタイの位置を直しながら、小声で困惑を吐きだす。

「ちょっと…その、トラブッちゃったんすよ。和久さん」

「トラブル?」

「ええ。だからもう十日も無断欠勤ってわけで…」

「それ、どういうことですか?」

席につくよう島田に勧められたが、槙野はそれを無視した。のんびり座ってくつろげるような気分ではない。

槙野の思いを察した島田が肩を落とし、ぼりぼりと頭を掻いた。

「和久さん、女グセ悪かったでしょ。だからいろいろと…ね。女のほうも和久さんのこと、恨んでたりするんですよね。で、女が和久さんに復讐《ふくしゅう》つーのかな、仕返しにヤクザ出してきたんすよ」

「ヤクザ…?」

「ほら、槙野さんが最初にＬＥＯＮに来た夜。そこに座ってたでしょ。めちゃ胸デカイ子。志保里ってんだけど。あの子がさ、和久さんに仕返しするためだけにヤクザの愛人になっちゃったの。電話口で泣いてましたよ、志保里のやつ。和久ちゃんが亭主に殺されちゃう、助けてって。自分が仕向けといて、なんで泣くんだって腹立ちましたけど、俺」

「…――志保里さんの連絡先、わかりますか」

え、と島田が目を剝いた。構わず槙野は、カウンターの隅に置かれた島田の携帯に手を伸ばした。

「ここに登録してありますか？　志保里さんの電話番号」

「え、ちょ…ちょっと待ってくださいよ、あの…、え…う〜っ」

わかったよと開き直り、島田が携帯の着信を見せてくれた。その番号を手早く自分の携帯電話に登録した槙野は、口早に礼を言い、携帯電話をポケットに突っこんだ。島田が顎のあたりを搔き、言葉を濁す。

「ま、誘ったのは志保里のほうだって、和久さんはヘタな言い訳してましたけどね。俺に言わせりゃどっちもどっち。自業自得っすよ」

え、と槙野は顔を上げ、島田へと身を乗りだした。

「それ、いつのこと？」

「え？」

「ヘタな言い訳してたって…壮さんＬＥＯＮに来たんですか？　それとも電話？　どっち？」

早口でまくし立てる槙野に圧倒されたのか、島田が何度も唾を飲む。

「え…と、さっきです、ついさっき。その、槙野さんが来る前だから…ああ、まだ十分も経ってないな、うん。十日前から和久さん延々と逃げ回ってて、塔子さんちにも戻れなくなっちゃって、隠れ家がなくなったからって最後にここへ来たみたいで。先に電話で安全かどうか確かめりゃいいのに、馬鹿だよね。ここなら初日にチェック入ってるのに。そこらに見張りも立ってたもん。だから俺、言ってやったの。店を壊されちゃ困るから、悪いけど、ほとぼり冷めるまで顔見せるなって……あ、槙野さんっ！」

身を翻し、槙野はドアに体当たりする勢いで外へと飛びだした。


いつから降っていたのだろう。

激しい雨が、黒いアスファルトを真上から容赦なく叩いている。

数秒で槙野はずぶ濡れになったが、そんなこと、気にもならない。和久田がヤクザに追われ、逃げ回っているという現実を断つことしか念頭にない。

一刻も早く和久田を捜しださなければ。助けなければ！

土砂降りの雨に視覚と聴覚を遮《さえぎ》られながら、槙野は勘を頼りにビルの谷間を片っ端から覗きこんだ。どこかに和久田が身を隠してはいないか、そう思って。

そのとき、デニムの後ろポケットに突っこんでおいた携帯電話が鳴り響いた。取りだしてみれば、さっき登録したばかりの志保里からだ。

「――――もしもしっ」

『槙野さん？　かけられちゃう前に、あたしからかけちゃった』

「…志保里さんですよね。俺のこと、島田さんから訊いたんですね？」

話しかけながら、槙野は麻雀《マージャン》と書かれたビルの一角に身を寄せて雨を凌《しの》ぎ、耳を澄ませる。

『当たり前じゃない。あたしの知り合いで、他に誰が、あんたの番号知ってんのよ』

投げやりな声。下品な笑い声。前に会った志保里は、こんな不快な女だっただろうか。もう少し言葉に思いやりがあり、優しさを備えていたような気がする。

「…壮さんに、なにをしたんですか」

訊くと、声が響いた。人をバカにしたような、早くも人生を投げ出したような、薄っぺらい、悲しい笑い声だった。

『したのはねぇ、セックス。あたしたちねぇ、エッチしたの。LEONでもしたし、志保里のマンションでもしたの。ちょうど亭主が戻ってくる時間に和久ちゃん誘って、思いっきりしちゃったから、亭主、すんごく怒っちゃってって』

舌っ足らずな志保里の声に、ゾク…となにか、槙野の内面が誘発される。

「なにを、した…」

湧いてきたのは、怒りなのか、それとも嫉妬か――――。

『だーかーらー。セックスだって言っ…』

「あんたの亭主は、壮さんに一体なにをしたんだッ！」

声を荒げたのは自分だと、怒鳴ってから気がついた。息をつめる志保里に、槙野のほうが戸惑ってしまう。

『なによ、さっきから偉そうに！　あんた和久ちゃんのなんなのよ！』

反撃を食らって、言葉につまった。だが質問に対する答えは、考えなくとも自然に口から滑り落ちた。

「サポーターだ」

『え…？』

「エスコート・サポーターだ。壮さんの、ただひとりの」

刹那《せつな》、ガラスが砕ける音がした。

槙野は反射的に顔を起こし、素早くあたりを見回した。後方から、数人の怒声が飛んでくる。

『エスコート？　なにそれ。どういう意味よ。ねぇちょっと、あんた…』

電話を切り、槙野は全力で走った。声を頼りに裏手へ回り、そして驚愕に目を剝いた。

割れたビール瓶が散乱した路上で、ひとりの男が三人の屈強な男たちに、袋叩きにされていたのだ。

確かめなくても一目でわかった。暴行されている男は、和久田だった。和久田を囲んでいる男たちは、どう見てもその筋の者だった。そんな男たちに殴られ、蹴られ、ビール瓶を背中に振り下ろされながら、なすすべもなく蹲まっている和久田。

抵抗もせず、逃げようともせず、胎児のように手足を縮め、時間が過ぎるのを待っているだけ。このまま死んでも仕方ないと、諦めてしまったかのように。

「壮さんッ！」

叫ぶと同時に槙野は駆けた。なりふり構わず和久田の背に覆い被さる。突然の乱入者に、男たちの暴行が止まる。

「なんだお前」

「じゃまするな。どけ！」

足で背をグイグイ押されたが、なぜか怖いとは思わなかった。自分の立場も、まったく考えていなかった。もう二度と和久田と引き離されてなるものかと、それだけを念じていた。

志保里にも、ヤクザにも、死にも。

和久田は誰にも渡さない！

和久田を背に庇い、槙野は男たちを睨みつけた。槙野と目が合ったひとりが、「へ？」と奇妙な声を漏らす。

「お前、どこかで見た顔だな」

その声に、他のふたりも槙野の顔を検分し始める。

「お前、テレビに出てなかったか?」

一番恰幅のいい男が、槙野の肩を足の裏で押し、もっとよく顔を見せろと脅しをかける。

言われるままに槙野は顔を起こし、男たちの前に晒した。

「…コイツ、槙野とかいうヤツじゃないか? ほら、サッカーの」

その声に、他のふたりが息を呑んだ。有名なサッカー選手がこんな路地裏にいるという事実に驚いているわけではなく、スポーツ選手ならもっとも関わってはならないはずの暴力現場に、向こうから飛びこんできたという信じがたい事実に驚いているのだろう。

でもそんなこと、いまの槙野にはどうでもよかった。和久田に対する暴力を、一時的にでも止められている現実のほうが大切だ。

「この人に、これ以上手を出さないでくれ」

「なんだと? てめぇには関係ねーだろ。ああ?」

「関係ある。この人は俺の先輩なんだ。頼むから暴力はやめてくれ!」

槙野の懇願を、三人の男たちがせせら笑う。

「お願いされても困るんだよ。俺たちも上から言われてるんでね。兄貴の女に手をだしたらどうなるか、思い知らせてやれってよ」

「…もう充分、思い知ったはずだ。二度と志保里さんには手を出さないと約束させる。志保里さんとも話をつける。だから、もうやめてくれ！」

志保里の名前を口にすると、三人の顔色が変化した。内情に詳しいと理解したのだろう。

「おい」

ひとりが槙野の前に身を屈めた。槙野の目を至近距離から覗きこみ、親しげな口ぶりで取引を提案してきた。

「お前の顔に免じて、金で精算してやってもいいぜ」

「金…？」

「ああ。お前、確か今年の得点王候補だよな。イタリアに行くとか行かないとか、そんな噂もあったよな。ということは…金、かなり稼いでるんだろ？」

そんな前置きのあと、男は法外な金額を槙野に要求してきた。

槙野は断らなかった。明日にでも渡すと約束し、二度と和久田に暴力を振るわないでくれと念を押し、ようやく解放されたのだった。

男たちが去っていったあと、槙野は和久田の背にそっと掌を添えてみた。破れたシャツには、うっすらと血が滲んでいる。満身創痍《まんしんそうい》の和久田は、どこまでもみすぼらしい男に成り果ててしまっていた。

なのに、どうしてだろう。泣きたくなるほど和久田が愛しく、懐しい。

こみあげてくる感情を、唇を噛んで耐え、槙野は静かに話しかけた。

「もう大丈夫ですよ…キャプテン」

短い呻き声のあと、和久田が数回噎《む》せ返《かえ》る。吐きだしたものには、微量の血が混じっていた。その量から判断して、内臓を傷めたわけではなく、口の中を切っただけらしい。

口元にハンカチをあてがってやりながら、槙野は和久田の背に腕を回した。

「立てる？　壮さん。ほら…俺の肩に摑まって」

相手は槙野だと理解しているのかいないのか。和久田は素直に槙野の肩へと腕を伸ばしながらも、力なく地面に両膝を突いてしまう。

槙野は和久田の腕をとり、抱きかかえるようにして支えた。

こうしてみると、和久田よりも自分のほうが背も体格も若干大きいことがわかる。だからこそ和久田を支えていられるのに、なぜだろう、和久田を超えてしまったことが無性に寂しく、申し訳ないような思いに駆られてしまった。

少年時代の槙野にとって、和久田は大きい存在だった。誰よりも偉大で頼もしかった。

こんなふうに立場が逆転する日がくるなど、思ってもいなかったのに。

それだけ時間が経ったということだ。変わって当然なのだ。だからもう、せめて自分にだけはなにも隠さないでいてほしいと槙野は願った。

雨と血で滑りそうになる体を何度も抱え直し、槙野は和久田を引きずるように、それでいて壊れ物を扱うかのように慎重に手を貸しながら、タクシーを探した。

乗車するより先に万札を見せると、ようやく一台のタクシーが槙野たちの乗車を許可してくれた。…何台ものタクシーに乗車拒否されたのは、考えてみれば当然だ。シャツのあちこちが破れて血で汚れた、痣だらけの和久田は、トラブルに巻きこまれたと一目でわかる姿だったのだから。

「国立《くにたち》方面に向かってください」

運転手の気が変わるのを恐れ、槙野は和久田を抱えたまま素早く後部座席に滑りこんだ。バックミラーで確認した運転手の表情は、明らかに迷惑顔だ。

槙野はポケットから財布を引っぱりだすと、一万円札を三枚抜き取り、運転手へ突きつけた。

「シートのクリーニング代です」

運転手は、相変わらず顔に不快を刷《は》いていたが、物も言わずに金を受け取ると、無言のまま黙って車を発進させた。

ゆっくりと街から遠ざかってゆく。槙野がこれまで抱いていた新宿のイメージはただのどす黒い汚れた塊《かたまり》へと変貌していた。

あの街を、心から楽しむことは二度とないとさえ思うほどに。

「痛みますか？　壮さん」

「…うるせぇ」

「訊いてるだけじゃないですか。相変わらずヤな人だな」

「……黙れ」

「減らず口を叩けるなら大丈夫ですね。…とにかく一時休戦だ。怪我人相手じゃ闘志も湧かない」

休戦と聞いて安心したのか、和久田がぐったりと体重を預けてきた。槙野は和久田に腕を回し、そっと引き寄せた。失血のせいか、寒さにか、小刻みに震えている。この傷だらけの男を守ってやれるのは、いまや自分だけなのだと思うと、抱きしめる手にも力がこもる。

「……っ」

「つらい？　壮さん」

運転手がブレーキを踏むたびに、後部座席にも軽い重力がかかる。意識するほどのものではないが、和久田の身には負担らしい。

槙野は和久田をさらにしっかりと胸に抱え、運転手に抗議した。

「すみません、もう少し丁寧にお願いできませんか」

「丁寧にやってますよ」

「怪我人なんだ。お願いします！」

運転手は、さも不快だと言わんばかりのため息を落としたが、それでも無闇にハンドルを左右に振る動作は控えてくれた。同時に、和久田の呼吸も平穏になる。それだけでホッとする。

安心したのに、どうして胸が苦しいのだろう。

湧きあがる感情を抑えられず、槙野は和久田の濡れた髪に顔を押しつけた。槙野の頬や鼻に、和久田の髪が密着する。

ＬＥＯＮでの和久田は、いつも髪を首の後ろで束ねていたから、知らなかった。不揃いの長さの黒髪は、解けば肩胛骨《けんこうこつ》にかかるほど長かったのだ。

でも和久田は、長髪がよく似合う。

逃げ回っていた十日間、一度もシャワーを使っていないのだろうか。和久田の黒髪は埃《ほこり》と垢《あか》でごわごわしており、饐《す》えた匂いが漂っていた。まるで浮浪者だ。誰も、彼が過去に日本中を沸かせたサッカー選手だとは思わないだろう。でも、そんな体臭さえ、槙野にとっては愛しさを募らせる材料でしかない。


タクシーから降りると、槙野は和久田を支えて立たせ、オートロックのエントランスホールを抜け、周囲に誰もいないのを確かめてからエレベーターに乗りこんだ。

最上階の十五階に到着し、まっすぐに自分の部屋を目指す。途中、マンションの住人と乗り合わせなかったのは幸運だった。誰にも目撃されることなく、槙野は和久田を自分の部屋へ案内することに成功したのだ。

「着きましたよ、壮さん」

言って、槙野は和久田をいったん玄関の上がり端に座らせた。和久田の背を支えながら、そっと訊いてみる。

「医者、呼んだほうがいいですか？」

「…呼ぶな」

予想通りの返答だ。了解、と槙野は苦笑を返した。和久田はきっと医者だけでなく、警察や弁護士の類も苦手に違いない。

いまだって、怪我をしているから仕方なく槙野に身を預けているだけだ。そのくらいわかっているが、それでも彼を守れる力を持った男に成長した自分を、槙野は誇りに思った。

和久田を支え、靴を脱がせる。ふいに現れた素足に、淡い感動を覚えてしまう。

そう…この足だ。この足がサッカーボールを自在に操り、日本中を熱狂させたのだ。考えるだけで胸の奥が熱くなる。この足に追いつきたくて、必死で練習した日々が槙野の脳裏に蘇る。

イタリアで傷めたのは、確か右足首だった。雨の日は、もしかすると痛んだりするのだろうか。労《いたわ》ってやりたい。優しくしてやりたい。気づけば槙野は、和久田の足を胸に抱えこんでいた。

脛に頬擦りしそうになったとき、和久田の呻き声で現実へと引き戻され、慌てて和久田に手を貸して立たせ、脱衣所まで運んだ。

「壮さん。傷の手当てをする前に、一度体を洗わせてください。そのままじゃ…いくらなんでも不衛生だ」

促したものの、和久田は歩くことさえ放棄してしまったかのように動こうとしない。

どうしたものかと考えて、槙野は和久田を抱え起こし、一緒に浴室へ入った。和久田をバスタブの縁に座らせ、槙野の体に頭を預ける格好で固定し、シャワーのノズルを壁から外して水量と温度を調節した。

適温になったところで、「かけますよ」と前置きし、その背をシャワーで温めてやる。着衣のままの背中に、シャツが張りつく。「熱かったら言ってくださいね」と断りを入れ、和久田のシャツの前を開く。温かい湯を和久田のうなじに当ててやりながら、シャツを肩から剝がしてゆく。濡れているから、脱がせるのは至難の業だ。そうこうしているうちに、槙野まですっかり濡れてしまった。

ノズルを壁に戻し、槙野は和久田の正面に膝を突いた。項垂《うなだ》れる和久田の額を自分の右肩で受け、上半身を裸にしてゆく。

現れたのは、過去に何度もテレビで観た、腹筋と胸筋。

和久田の筋肉は、現役から遠ざかったいまも衰えておらず、以前とほとんど変わりない。首から肩にかけての強いラインも、鎖骨の上にあるほくろも、ひきしまった上腕も。

濃い色の肌にアクセントを灯す、左右の小さな――乳首も。

反射的にゴクリと喉を鳴らしてしまい、槙野はひとり狼狽し、慌てて視線を引き剝がした。

動揺をごまかすように、急いでシャンプーボトルに手を伸ばし、和久田の髪を洗浄する。汚れがひどくて一度ではなかなか泡が立たない。いったんシャワーで泡を流し、またシャンプーを手に受けて。それを三度繰り返し、ようやく指通りが滑らかになった。

「もう少しだから我慢してくださいね、壮さん」

言って、今度はボディソープを掌で泡立てた。和久田の顔を両手で挟みこむようにして、耳の後ろからうなじ、首筋などを丁寧に洗ってゆく。

ときおり和久田が体をピクリと反応させる。傷に染みて痛いのだろう。槙野は自分の肩に和久田の頭を乗せ、腕を回して和久田の背中をそっと撫でた。

「痛くても我慢して、壮さん。すぐだから。…ね？」

脇の下も肘の裏側も、硬い腹筋も、順に、綺麗に仕上げてゆく。そうすることは苦労ではなかった。なぜだかわからないけれど、選ばれた者だけに与えられる特権のような、そんな高揚感に包まれていた。ただ…自分の鼓動が、いつもより大きく跳ねているのには困惑した。和久田に聞かれてしまいそうで、緊張を隠せない。

新たな泡を作った槙野の手が、作業の当然の流れとして和久田のズボンのファスナーへと及んだとき、和久田が初めて槙野の手首を弱々しく握った。

反応があったことに驚いて、槙野は顔を起こした。いつの間にか槙野の支えがなくても座っていられるまでに回復していた和久田が、槙野の思考を探るような、救済を拒絶するかのような暗い目で、槙野を見据えていた。

「…あとは自分でやる」

「―――了解」

一瞬、奇妙な名残惜しさが胸を過ったが、それを隠して槙野は和久田から手を離した。

槙野の肩を押しのけて、和久田が足を踏ん張り、立ちあがる。ぐらりと体勢を崩した和久田を、槙野はとっさに抱き止めた。が、触れることすら不快なのだと解釈するしかない辛辣な態度で、腕を振り払われてしまう。和久田はさっさと自分で下を脱ぐと、槙野に背を向け、シャワーで下腹部を洗い始めてしまった。

槙野はぼんやりと、瞬きもせず、全裸の和久田の後ろ姿を目に映していた。

現役時代を思い出させる、魅力的な筋肉に覆われた両肩。余分なものなどない、ひきしまった腰。硬そうな尻に和久田の骨張った指が置かれ、揉むようにして清められてゆく様は、なにかの舞台を観ているかのように心奪われる光景だった。

「…なにを見ている」

振り向きもせず訊かれて、槙野はハッと我に返った。和久田の全裸に見惚れていたなんて、間違っても口にできない。普通に女性を綺麗だと感じる心も持っているし、性癖だってごくノーマルだ…と、思うから。

「髭剃《ひげそ》り、そこですから」

隅を指さして顔を背け、槙野は脱衣所へと逃げた。

まだドキドキと鼓動が逸る。まるで網膜に焼きついてしまったかのように、和久田の裸が目の前をちらつき、槙野の思考を掻き乱す。

…チームメイトの裸だって、毎日のようにロッカールームで目にしているのに。

それなのに、自分はいま、鼓動を異常に乱している。

和久田の、全裸に――。

槙野はブルンと頭を振り、濡れてしまった服を勢いよく脱いで洗濯機へ放りこんだ。手早くタオルで体を拭き、作りつけの棚から綿のルームウエアを引っぱりだして腕を通す。

「壮さん。着替え置いときますね」

新品の下着と着替えを脱衣所に用意して、槙野は急ぎ足でリビングへと引きあげた。


まだ体の節々が痛むが、大きな傷はひとつもない。

命が残っていたのは幸いなのか不幸なのか…と、和久田は胸の内で自分自身に問いかけた。

「丈夫だけが取り柄ってか」

自嘲して、和久田は槙野が用意した黒のスウェットパンツと白いTシャツを身につけた。若干サイズが大きい。それだけで、男として槙野より劣っているような、悔しいような腹立たしいような複雑な感情が胸中に湧いてくる。

バスタオルで髪を拭きながらリビングに赴くと、テーブルの上には飲み物と救急箱が置かれていた。とってつけたような作り笑いまで、ちゃっかり用意されている。

「あぁ、よかった。遅いから、倒れてるんじゃないかと思いました」

救世主きどりの笑顔が、鼻につく。

「礼でも言ってほしいのか」

感情を逆撫でてやろうと思ったのだが、槙野にしては珍しく、乗ってくる気配はない。

「そんなこと全然思ってませんって。てゆーか、俺が勝手に連れてきたんだし、礼なんか言われたら却《かえ》って申し訳ないですよ」

いつにない低姿勢が、和久田をますます不愉快にさせる。

だがここには、ヤクザの影はない。居座るつもりは最初からないが、痛みが引くまでの半日ほど休息をとるには都合がいい。こんな男の世話になるのは悔しいが、あちこちを痛めている身には、多少の妥協も必要だ。

「座ってください、壮さん。手当てしますから」

開き直り、和久田は乱暴にソファへ腰をおろし、手足を伸ばした。高級なレザーならではの包まれるような心地よさが、骨まで蓄積した疲労感をも吸い取ってくれるようだ。

昔は自分もこんな贅沢な暮らしをしていた。自分は無敵だと信じて海外に渡り、サッカーの本場で手酷い洗礼を受け、戦うたびに自分がいかに平凡で無能かを思い知らされ、自分はサッカーに見限られたのだと痛感した――あのときまでは。

契約を切られても、すぐには帰国しなかった。なんの成果も得ることなく日本に帰れば、いままで積みあげてきたものすべてを失ってしまうと思ったからだ。それに、なにより和久田自身が自分の敗北を許せなかった。足を棒にしてヨーロッパ中のチームを訪ねて回り、使ってくれと頼みこんで、仮契約まではこぎつけても、レギュラー入りは果たせなかった。

長期に亘《わた》るヨーロッパ滞在で、契約金はあっという間に尽きてしまった。日本で築いた財産も失い、もうどうにも身動きがとれなくなったとき、気づけば和久田は日本行きの飛行機に乗っていたのだ。

ヨーロッパの地に、永遠に届かない夢を置き去りにしたまま。

「髭――剃ったんですね」

思考を中断されて、和久田は目だけを右隣へと向けた。ソファに身を沈め、ぼんやりと宙を見つめていた和久田の傷に消毒を施しながら、槙野が笑みを浮かべていた。

「以前の精悍な壮さん、そのまんまだ」

懐かしむ口調で言われて、和久田は居心地の悪いものを感じた。もぞ…と尻を動かすと、動かないでと小声で叱咤《しった》され、仕方なくソファに背を預けたとき。

なにげなく正面に据えた目に、無数のフォトパネルが飛びこんできた。

「これは…」

言って、和久田は絶句した。気づいた槙野が、ああ…と困ったように視線を宙に彷徨《さまよ》わせる。

「実家が写真館なんですよ。だからこういうの親父が得意で。でも…壮さんをここに連れてくるってわかってたら、全部隠しといたのに。…まいったな」

やたら気まずそうに、槙野が何度も舌打ちした。

槙野が困惑する気持ちも、わかる気がする。なぜならリビングの正面の壁いっぱいに飾られている、さまざまなサイズのパネルやフレームは、すべて和久田を収めたものだったからだ。

信じられなくて、和久田は何度も瞬きした。

「いったい、いつの…」

「えっと…右側の一番上は、高校選抜の決勝でシュートを決めた壮さんです。その下は実業団の練習風景かな。ほとんどサッカー雑誌の切り抜きだけど、親父がいちいちシートでカバーリングしてくれるものだから、やたら立派になっちゃって」

言い訳しながら、槙野の手は休まず和久田の傷を追い、絆創膏《ばんそうこう》を貼っている。和久田は自分の歴史を前に、ひたすらポカンとするばかりだ。

「真ん中から左の写真は、レックス時代の壮さんです。親父に一眼レフを借りて、レックスの専用グラウンドまで行って自分で撮影したんです。声をかけるチャンスを狙ってたのに…その日の壮さん、めっちゃくちゃ機嫌悪くて、どんなに俺が手を振っても、見向きもしてくれなかった。

…ってグチっても、全然覚えてませんよね」

本人ですら忘れた過去を、槙野が照れながらリアルに蘇らせてゆく。

「全力で走る壮さん、シュートを決める壮さん、ウォーミングアップの最中なのに、芝生《しばふ》に寝転がってる壮さん。片っ端からパネルにしたら、こんな状態になっちゃって。…こういうの、あなたには不愉快なことなんだろうけど」

手当てを終えた槙野が、救急箱をテーブルに戻して鼻先で嗤った。不愉快かと訊かれれば不愉快だし、ここまで思われて本望かと問われれば、正直それも否定できない。

嬉しくもあり迷惑でもあり、複雑だ。けれど…とうの昔に捨てた人生が、こんな形で大切に保存されていたことに対して、言葉に尽くせない感動を覚えたのは確かだった。

和久田の微妙な戸惑いを察したのか、槙野が穏やかに釈明する。

「以前にも話しましたけど、俺の人生の目標はJリーグであると同時に、あなたでした。だから壮さんの軌跡は、同時に俺自身の軌跡でもあるんです。和久田壮平はもう終わったと、あなたは俺に言ったけど、俺には……終わらせることなんてできない。あなたの終わりを認めることは、俺にとって、自分の過去を捨てることと同じだからです」

なにも言えず、和久田は無言で槙野を見つめた。自分の人生は自分のものだとばかり思っていたが、そうじゃない場合もあるらしいと、一回りも年下の男に意見されて初めて気づいた。

生きることには、つねに責任がつきまとうわけだ。たとえそれが失敗でも成功でも、無にすることだけは不可能らしい。

それでも消してしまいたい。だけど絶対に消せないなら…一体どうすればいい？

槙野から視線を背けたとき、和久田の目は、左の壁を飾る大きな一枚に吸いこまれた。

いまさら照れても仕方がないと開き直ったのだろう、槙野が懐かしそうに目を細め、軽く数回頷いた。

「それ、俺が一番大切にしている写真です」

告白する声は、どこか誇らしげに耳に響いた。

「ある意味これは、俺たちのスタート地点であり、開幕戦だから」

東京レックス対横浜ビクトリア——記念すべきJリーグ開幕初戦。ブルーのユニフォームに、キャプテンの腕章をつけた5番。

エスコート・キッズとしっかり手を繋ぎ、上空を睨み据えて入場する、和久田の勇姿がそこにあった。

下から煽るようなアングルで撮られたそれは、和久田と槙野を中心にして、競技場のエントリー・アーチを美しく捉えていた。

「この写真、当時のプレスが自宅へ送ってきてくれたんです。ネガと一緒に。雑誌には別のショットを使うから、こっちはきみにあげるよ…って。それからはずっと、嬉しいときも苦しいときも、このパネルに報告したり慰めてもらったりしてます」

それには応えず、和久田は無言でアルコールを口にした。こんな茶番、シラフではやっていられない。

干してしまったグラスをテーブルに叩きつけると、槙野が酒を注ぎ足してきた。和久田はそれを一気に喉奥へと流しこんだ。もう一度、空のグラスを突きつける。

「…そんな飲み方は傷に障りますよ」

「うるさい」

グラスをテーブルに戻し、和久田は酒臭い息とともに苛立ちを吐きだした。

槙野が和久田の熱烈なファンだったことは、いやというほど理解した。でもそれなら、どうしていまの和久田に対しても、焦がれるような目を向けるのか。どうして笑顔を注げるのか。

和久田はもう、ここまで堕ちてしまったのに。

口が乾く。居心地が悪い。我慢できなくて和久田は槙野の手からボトルを横取りし、そのまま干そうとした。驚いた槙野が慌てて和久田の手首をつかみ、力ずくでボトルを奪う。

「なにやってんですか！　そんな荒っぽい飲み方しちゃ体を壊します！」

「もう壊れてんだよ。だから平気だ。酒よこせ」

手を伸ばすと、槙野がボトルを手の届かない場所へと移動させてしまった。なおも「よこせ」と腰を浮かせたら、「いやだ」ときっぱり断られ、左右の二の腕をつかまれた。

そのままソファに戻され、背もたれに押しつけられ、真正面から懇願された。

ひどく静かに、囁くような声で。

「いてくれませんか。ここに」

「…あぁ？」

「ここで、俺と暮らしませんか」

自分で言っておきながら、槙野が視線を泳がせている。どうやら衝動的に口をついたセリフらしい。何度も言葉を吟味《ぎんみ》するように唇を舐めた槙野が、小さく頷き、そっと呟く。

「心配なんだ。壮さんが」

「…手、離せ。痛いだろーが」

あ…と槙野が慌てて和久田の腕を解放する。和久田は身を起こし、槙野の指が食いこんでいた場所を揉みほぐした。すみません…と槙野が小声で謝罪する。

「馬鹿力。少しは考えて行動しろ」

「考えてますすよ、ちゃんと」

「考えてねーから、バカみてーなセリフがその口から飛びだすんだ」

ふて腐れるかと思いきや、槙野はふらりと立ちあがり、無言でチェストの引きだしを開けた。戻ってきたときには、その手の中に、なにか小さなものが握られていた。

和久田の目の前で手を開いてみせ、言う。

「この部屋の鍵です」

「鍵？」

半ば呆れて聞き返すと、槙野が真顔で頷いた。

「行くところがないなら、ずっとここにいてください。どうせ俺はしょっちゅう合宿や遠征で留守にしてるから遠慮はいりません。自分の家だと思って自由に使ってください」

今度こそ和久田は、呆れ返ってしまった。ここまで施しを押しつけられると、感謝を通り越して、すでに惨めだ。

目尻を吊りあげ、和久田は無言の拒絶を示した。それを無視して、槙野が自分の首からレザー製のネックレスを外し、そこに鍵を通す。そしてなにを思ったか、そのネックレスを和久田の首に巻きつけてしまったのだ。

「な……っ」

慌てて外そうとしたものの、しっかりと作られた結び目は、和久田が引っ張れば引っ張るほどに固さを増し、容易にはほどけなくなってしまった。

胸板にぶら下がる鍵を見下ろし、和久田は唖然とするばかりだ。

「——お前、一体どれだけ俺をバカにしたら気が済むんだ…っ！」

引きちぎろうとする手を、槙野が阻止する。

「誰もバカになんかしてませんよ。こうでもしなきゃ受け取ってくれないから」

「受け取る理由がないから、受け取らないんだ！」

「理由なんて必要ない。持っていてくれればそれでいいんだ。あなたには帰る場所がある、それをわかっていてほしい。…なくさないでくださいよ。スペアはこれしかないんだから」

「って、待てよ。俺はまだなにも返事してないだろーが！」

強引な態度に憤慨し、和久田は立ちあがろうとしたのだが、槙野が強引にソファへと戻してしまう。さらには言葉を挟ませまいとして、わざとらしく話題をすり替えようとまでする。

「ねえ壮さん、お腹空いてませんか。俺、さっきから腹減っちゃって。そうだ、スモークサーモン食べます？　ピンクグレープフルーツも常備してますよ。ほら、壮さんが昔、雑誌のインタビューで好物だって答えてたでしょ。筋肉の疲労をとるのにも効果があるって。だから俺、試合の翌日は必ず食べるようにしてるんです」

「ちょっと待て、だから俺は…」

「そうそう、あとはパスタだ。アンチョビとガーリックのスパゲティーなら、即作れ…」

「やめてくれッ！」

耐えきれず、和久田は槙野の言葉を遮った。

「善意の押しつけは、たくさんだ！　そうやってお前が尽くせば尽くすほど…俺に拘《こだわ》るほど、俺は昔の自分との距離を思い知らされるだけなんだ」

「壮さん…」

「もう、いいかげんにしてくれないか…っ」

　震える声を絞りだし、和久田は槙野を押しのけて立ちあがった。足元がおぼつかなくて、体勢が大きく崩れる。槙野がとっさに和久田を支えるが、和久田はすぐさまその腕を振り払った。

「昔話なんぞ聞きたくもない。勝手にひとりで幻と対話してろッ！」

「壮さん！」

　槙野が慌てて和久田の腕をつかむ。精悍な顔を困惑に歪め、懸命に言葉を探している。

「俺はあなたを傷つけるつもりなんて、これっぽっちもない！　ただ、どうしたら俺に心を開いてくれるのか、その方法がわからないから、俺は俺なりに……！」

「だったらひとつ教えてやる。過去の栄光を、いまの俺に押しつけるな。そうすれば俺はお前を、いま以上に嫌うことはないだろうぜ」

「だから、そんなつもりじゃないんだ！　いまとか昔とか関係なく、壮さんは壮さんだってこと、ちゃんとわかったうえでこうしてるんだ！」

　言われて和久田はせせら笑った。それがわかっているならなおさら、もう和久田につきまとう理由はないはずだ。こんな最低の人間を気遣い、心配する必要など、どこにもない。

「そのとおりだ。いまも昔も関係ない。和久田壮平ってのは、コレだ。ここにいるコレが、本当の俺なんだよ。金も地位も未来もない人間。それが和久田壮平だ」

　どんなに言葉で突き放し、腕を振りほどこうとしても、槙野はしつこいほどに食い下がり、決して和久田を放そうとしない。放せば終わる、そう決めつけているかのように。

「あなたこそ自分を卑下するのは、そろそろやめたらどうですか」

「卑下…？」

「あなたはまだ、終わっていない。いまのままじゃいけないってことも、ちゃんと自分で気づいてるんだ。だからそんなに拘るんだ。拘っているのは俺じゃない。あなただ！」

「うるさい！　お前になにがわかるっ！」

振り回した和久田の肘が、槙野の顔を殴打した。

槙野が一瞬怯んだ隙に、和久田は玄関へ逃げようとした。が、槙野が素早く腕を伸ばし、和久田を乱暴に戻してしまう。背後から覆い被さるようにして和久田を懐に抱きこみ、リビングの壁に押しつける。

壁に背をぶつけた振動で、パネルが一枚落下する。和久田はそれを、憎しみをこめて踏みつけた。とたん、和久田を押さえる槙野の指に異様な力がこもる。

指先が痺れるほど容赦なく、槙野が和久田の手首を締めあげてくる。

「は…放せっ」

「いやだ、絶対に放さない。ここで放したら、二度と俺の話なんて聞いてくれないじゃないか！」

「最初から聞く気なんてない！　てめぇは勝手に俺の写真に話しかけて、思い出に浸ってろっ！」

どんなに身を捩って抵抗しても、槙野は少しも怯まない。それどころか和久田をソファへ引きずり戻し、身を浴びせて仰向けに倒し、膝で押さえつけてしまうのだ。なのに、その目には、懇願の色が浮かんでいる。

「お願いだ…壮さん。俺の話を聞いてください。言ってたじゃないですか、壮さん。お前がサッカーに捨てられたら俺の気持ちがわかる…って。それで俺、やっとわかったんです」

「なにがわかったというんだ…っ」

片頬を歪め、和久田は訊いた。理解者面をした若造を、今度こそ思いきり笑ってやるために。

しかし槙野の双眸に浮かんでいたのは、同情もしくは哀れみ——そんな類の切なさだった。

「壮さんはサッカーに、未練があるんだ…ってことです」

断定されたその瞬間、和久田は目を剝いた。

黒々と汚れた心臓を白日の下に晒されたかのような衝撃が、全身を貫いた。

和久田の無言の驚きに、答えを見てしまったのだろう。慈しむような視線を注ぎ、槙野が静かに呟いてみせる。

「まだサッカーを愛してるんでしょう？　壮さん」

なにを、どう答えれば、諦められるのだろう。自分自身と……愛してやまないサッカーを。

「あなたはサッカーが好きでたまらないんだ。壮さん」

そんなことを暴いても、変わるものなどなにもないのに。変わらないから…いっそ捨てたいと願ってきたのに。弱々しい笑みを漏らし、目を伏せ、和久田は言った。

「…妄想だ。お前が見ているのは悪い夢だよ」

「夢じゃない。現実です」

「なぜわかる」

「あなたの顔に、はっきりと書いてある。きっと一生忘れられない…って」

残酷な言葉を平然と本人に突きつけてしまえる槙野に、和久田は顔を引きつらせた。

揺らめいたのは、憎悪。

触れてはならない部分に触れてしまったことに、槙野はまったく気づいていない。和久田にとって鋭利なナイフに等しい真実を、相当のダメージになるとも知らず重ねてゆく…幼い槙野。

「言わなきゃわかってくれないなら、どんな酷いことでも俺は言います。あなたはサッカーを捨てたと言いながら、捨て切れていないんだ。だから自分の過去を嫌うんだ。過去のあなたを知っている俺をも排除しようと、ここから必死で逃げたがるんだ！　俺を見ようともしないし、話を聞こうともしない。それはあなたが、まだサッカーに愛されていたいと心の隅で願っているからだ！」

目の前が真っ暗になるとは、こういうことを指すのだろうか。

気づきたくなかった。――いや、もしかしたら最初から気づいていたのかもしれない。

愛するものに見限られた衝撃は、想像を絶するほど大きかった。二度と振り向いてもらえないとわかっていても納得できず、理性に反して心はフィールドに焦がれ続けた。手を伸ばせば伸ばすほど遠ざかってゆくと知りながら、それでも求めずにいられなかった。

もう自分はサッカーに愛してもらえない――その現実を認める手段として、和久田は自分を貶《おとし》める必要があった。自分自身を納得させるには、自堕落になるしか道はなかった。

だけど、違ったのだ。とことんまで自分を汚し、落ちぶれても、気づけば心はボールの軌跡を追っている。できることなら、いますぐにでもフィールドへ駆けだしたいと願い、自由自在にボールを操る浅はかな夢に思いを馳せる。

どれほど欲しいと望んでも得られない、過ぎ去った夢。

一度は手中に収めながら、抱くことすら叶わぬ希望。

忘れなければならなかったのに。忘れたいのに忘れられない激痛が、苦悩が、サッカーの神の祝福を一身に受けている槙野に、決してわかるはずがない！

「壮さん。お願いだから聞いてください。現役を終えた選手がサッカーを続ける方法なら、いくらだってあるんです。俺、協力しますから。東京レックスのコーチなんてどうです？　前に一度、オファーを受けたことがあったんですよね？　もう一度挑戦すればいいじゃないですか。俺、代表にかけ合ってみるから。だから…」

「――黙れ」

「…え？」

「お前に、なにがわかる」

「壮さん？」

節介を顔に貼りつけている根っから一途な「好青年」を、思いきり傷つけてやりたい――唐突に和久田は渇望した。

自分はこんなにも傷ついている。なのに、まだ傷を抉《えぐ》ろうとするどこまでも無神経な若造に、これ以上踏みこめばどんなことになるか、思い知らせてやりたかった。

槙野を傷つけたい。痛みと絶望でのたうつ槙野を見てみたい。嘲笑って蔑んでやりたい。和久田を覚えていたことを、後悔させてやりたい。

「槙野」

名を呼ぶと、槙野が目を丸くした。ふいに目尻を下げ、照れくさそうに微笑む。

「初めて…呼んでくれた」

そんなことが嬉しいらしい。どこまでもガキだと、和久田は鼻先で嘲笑った。

和久田が起きあがろうとすると、槙野は甲斐甲斐しく手を貸し、背を支え、そっとソファに座らせようとする。自分も和久田の隣で姿勢を正し、和久田の顔を見つめている。まるで主人の命令を待つ忠犬だ。

「…槙野。お前さっき、協力すると言ったよな」

「ええ、言いました。俺、壮さんのためならなんだってしますよ」

誇らしげに復唱する槙野を斜めに見あげ、和久田はニヤリと唇を歪めた。その表情に一抹《いちまつ》の不安を抱いたのか、壮さん？　と槙野が顔を覗きこんでくる。

その顎を、和久田は無意識のうちにつかんでいた。

「……っ」

槙野が痛みに顔をしかめる。それでも決して振りほどこうとしない。和久田が心を開いたと勘違いしているのだ、この「好青年」は。

募る憎しみが指先へ移行し、暴力となって発露する。顎をぎりぎりと締めつけてやると、明確な不安が槙野の目に過った。槙野の顎に食いこんでゆく自分の指を他人のもののように感じながら、和久田は声を上擦らせた。

「お前、ホモだろ」

「え……――」

ぽかんと呆ける槙野を、和久田は嗤った。これみよがしに肩を揺らして。

「俺のケツばかり追いかけやがって。あげくに俺に、ここで暮らせだと？　お前、そんなに男が好きか。ガキのころから、そんなに俺とファックしたかったのかよ。ああ？」

「壮さん…！」

槙野の顔が真っ赤に染まった。羞恥か怒りか、その両方か。…どうだっていい。

和久田は槙野の髪をつかむと、強引に自分の下腹部へと顔を伏せさせた。体勢を崩し、槙野がソファからずり落ちる。和久田は床に膝と両手を突いた槙野の顔面を鷲掴みにし、乱暴に顔を上へ向けさせた。

そして和久田はスウェットパンツの前に指をかけ、一気に下げた。

突然の下半身の露出に、槙野がギョッと目を丸くする。直後、困惑と動揺の入り乱れた目で和久田を仰いだ。驚きのあまり声も出ないらしい。狼狽える槙野を面白おかしく眺めつつ、和久田は唇の端を吊りあげた。

「しゃぶりてぇなら、最初からそう言えよ」

「お…俺はそんなこと、思ってな…」

頭を押さえこんでやると、槙野の顔が和久田の男性器に触れそうなほど近づいた。顎を引いて逃げようとする槙野を、和久田は決して許さなかった。

「遠慮すんなよ。好きなんだろ？　男が。だから俺に執着するんだろ？　勝手な妄想で俺をいたぶって、聖人面して俺を責めて。好きな男が惨めに這いずり回る姿に快感を覚えるサディストなんだよ、テメェはよ」

「壮さん……っ」

ギリ…と槙野が歯を食いしばる。さすがにいまのは徹《こた》えたらしい。

少しはダメージを与えてやれたか。いや、まだ足りない。槙野が和久田を心底憎み、二度と余計な節介を焼こうと思わないよう――和久田にサッカーをやらせようなどと血迷うことのないよう、とことんまで叩きのめしてやる！

和久田は大きく足を開き、萎えた性器を捧げ持った。顔を背ける槙野の髪を乱暴につかんでこちらを向かせ、残酷な笑みで命令した。

「しゃぶれよ――変態野郎」

「……っ」

「協力するんじゃなかったのか。それとも献身的なのは口だけか。え？」

「やめてくれ、壮さん…！」

「頼んでもやめなかったのはテメェだろ。あ？　人の生活に土足で踏みこんで、荒らすだけ荒らし回って。…おとなしく俺の言うことを聞けよ。そしたら俺も、お前の望みを聞いてやるよ」

びく、と槙野が反応を示した。こんなめちゃくちゃな要求を強いられてもまだ諦めないとは、呆れるほど強情だ。しかしその頑固な男の目にも、いまは微量の憎悪と悲しみが揺れている。

断ればいいのだ。こんな馬鹿馬鹿しい交換条件を呑まなきゃならない理由などないし、和久田にそんな価値はない。そのことに早く気づけばいいのだ。「ふざけるな」と怒鳴りつけ、さっさと部屋から蹴りだせばいいのだ。

そうすれば、すべてが元どおりになる。もう和久田も惑わされずに済む。今度こそやっと、サッカーへの未練を完全に断つことができるかもしれない。

それなのに、槙野の答えは予想に反するものだった。

「…言うとおりにしたら、ここにいてくれるんですね」

「――え」

和久田は眉間に皺を寄せた。槙野が和久田の膝に手を置き、和久田の中心を凝視する。何度も喉を起伏させながら、槙野が声を上擦らせる。

「あなたの言うとおりにする。だから、もっと自分を大切にしてください。二度と自分をごまかさないと……正直に生きると約束してくれ」

ごくり…と息を呑んだのは、和久田か、槙野か。

ソファの背に片腕を預けて凭れかかり、和久田はもう一方の手で自分のものを握った。

「お前の奉仕次第で、考えてやるよ」

告げる声が、ひどく掠れた。


なぜ、和久田に従う気になったのだろう。

なぜ自分は、あんな馬鹿げた条件を呑んだのだろう。

「しゃぶれよ、槙野」

和久田が顎をしゃくって命じる。萎えているそれの色は濃い。たぶん、槙野のものよりも。

女たちの影が、目の前をちらつく。

志保里に手を出して、ヤクザから追われていた和久田。色の濃いペニスを勃起させ、志保里の体に埋めた和久田。

女に貢がせていたくらいだから、和久田はきっとセックスがうまい。いつもどんなふうにして女たちを喜ばせているのだろう。勃起したここは、どんな形状になるのだろう――。

「どうした槙野。怖《お》じ気《け》づいたか。ああ？」

煽られて、槙野は生唾を飲みこんだ。和久田の膝に置いた手に力をこめ、ついにそこへ顔を埋めた。

口にした瞬間、頭の芯がぐらりと揺れた。

「ぐ……っ」

柔らかい。味などない。ただ、例えようのない屈辱感が槙野の口中に広がった。

悔しい。情けない。目の奥が燃えるように熱い。

なにかが終わった。なにかが変わった。

やはり和久田は変わってしまったのだ。…とても。

「しゃぶりたがってたわりにはヘタくそじゃねーか。これじゃ約束は守れねーな」

「……っ」

悔しさのあまり、言葉も出ない。さっさと吐きだしてしまえばいいものを、ショックで頭が麻痺してしまい、抵抗の方法すら思いつけない。

髪をつかまれ、さらに股間へと押しつけられた。息苦しさのあまり、槙野は反射的に顔を起こそうとした。

それを待っていたかのように、和久田が槙野の顎をつかむ。

かつて誰よりも尊敬し、敬愛し、崇拝し、焦がれ続けた和久田壮平が、昔の彼とはあまりにもかけ離れた表情で、片方の眉を吊りあげてほくそ笑んでいた。

「…どうだ。美味いか。え？」

槙野は和久田の手を払った。槙野の怒りをまんまと誘発した和久田が、勝ち誇ったように声をたてて嗤《わら》う。

感情が、荒れ狂う。目の前が、真っ赤に染まる。

槙野は和久田の性器を荒っぽくつかんだ。半ばやけくそで唇を窄め、ペニスを吸った。

「……ぅ」

発せられたのは呻き声だ。見れば、ソファに置かれた和久田の指が鉤形《かぎがた》に曲がっている。

感じているのだ、和久田が。槙野にしゃぶられて、快感を得ているのだ。

和久田の体が、喜んでいる——。

意識した直後、ぞく…と、槙野の臓腑が震えた。正体不明の高揚感が、下腹部を直撃する。

——なんだろう。どうしたのだろう。

「ん……、う…っ」

息が乱れる。全身が熱い。自分の変化が信じられなくて、槙野はきつく目を閉じた。いくら現実を見ることを拒否しても、変化してゆく体は止められない。

まるで、和久田のペニスのように硬くなる――。

和久田のペニスは、最初とはまるで違っていた。その弾力も、形状も。いまでは槙野の喉奥を押すほどに大きく成長し、その先端に、濃い粘液を滲ませるまでに成熟していた。

反応が、嬉しかった。行為の代価が和久田の喜悦と知って、心が躍った。だから槙野は無心で舐めた。

和久田が槙野の髪を両手でつかみ、自分の股間へ押しつける。腰を前後させながら、呼吸を大きく弾ませている。気持ちいいのだ…きっと。

舌を巻きつけ、上顎を使って刺激を与え、いつしか槙野は懸命に奉仕していた。

和久田の腰を左腕で抱えこみ、右手で性器を上下に扱くと、精液が雫になって先端から溢れだした。槙野は唇を窄め、優しく何度も口づけながら、一滴残らず吸い取った。

…不思議だった。憧れの人のこんな部分を、自分はいま、口にしている。

幼少のころに繋いだ手の温もりと頼もしさが、唐突に蘇る。憧れの人の体温をじかに感じ、しっかりと繋がっているひとときに酔いしれたあの幸福感に、なぜだろう、とても似ている。

光栄だ…と、いま自分は、感じている。

これは槙野だけに与えられた義務であり、権利なのだと――。

「あ……――」

口の中に、苦いものが広がった。

強い匂い。独特の粘り気。なのに槙野は、吐きだそうとは思わなかった。ごく自然に、当然の役割として飲み下した。

槙野の口の中で、和久田のペニスが徐々に力を失ってゆく。名残惜しくて、槙野は顔を押しつけた。完全に萎《しぼ》んだそれを、まだ執拗に口に含み、未練がましく上顎と舌で締めつけ、音を立ててしゃぶり続けた。

和久田と繋がっている――そう感じることが、果てしない安堵を槙野にもたらした、そのとき。

「いつまでヤッてんだ」

降ってきた嘲笑に、槙野はハッと我に返った。

反射的に顔をはねあげると、和久田が下品に唇を歪め、さも愉快だと言わんばかりに肩を揺らして嗤っていた。

突き放すような声と、呆れの滲む冷酷な目が、槙野に現実を突きつける。

呆然としたまま動けずにいる槙野に、和久田がニヤつきながら顎をしゃくった。促された部分に目を落とした瞬間、槙野はギョッと目を剝いた。

薄手のルームウエアの前部分が、大きく前に張り出していたのだ。それだけではない。ごまかせないほどの染みが、はっきりとその部分に広がっている。

慌てて槙野は股間を隠そうとしたが、そうした仕草も、和久田にからかいのネタを提供するに

は充分な要素だった。

「早々に暴発しておきながら、もう二発目の充填《じゅうてん》完了かよ。やっぱ違うね、モノホンのホモ野郎は。しゃぶっただけでイキやがる」

声高らかに笑い飛ばされた直後、槙野は無意識に右手を振りあげ、和久田の頬を打っていた。

打った瞬間、手よりも心に激痛が走った。

悔しくて、悲しくて、不覚にも涙が滲む。

もう和久田は、こちらを見さえしてくれない。冷たい横顔を虚空に向けたまま微動だにしない。

「出ていってくれ…っ」

告げた唇が怒りで震えた。絶望感に、いまにも心臓が潰れそうだった。

「…言われなくても出ていくよ。ケツを掘られちゃかなわねーからな」

「早く出ていけーっ！」

つかんだグラスを、槙野は思いきり壁に叩きつけた。意図したわけではなかったのに、グラスは槙野が一番大切にしていたパネルにぶつかり、割れた。パネルが傷つき、鈍い音をたてて落下する。

無言で和久田が立ちあり、部屋を出ていく。

槙野は和久田を止めなかった。もう、顔も見たくなかった。

あんなにも、そばにいたいと渇望した人だったのに。

まさかこんなにも惨《むご》い結末が待っていたなんて、思ってもみなかった。

和久田が靴を履いている。玄関のドアが開く。虚しい音を引きずりながら、重いドアが閉ざされる。ふたりを完全に…断ち切る。

反射的に槙野は顔を上げた。玄関を凝視したまま歯を食いしばり、嗚咽《おえつ》を呑みこむ。

こんな目に遭ってもまだ生じる迷いとは、一体なんなのだろう。

いまならまだ間に合う…などと。彼がエレベーターに乗ってしまう前に、追いかけて捕まえて謝れば、もしかしたら連れ戻せるかもと、不可能に違いない期待を、この期に及んでなおも抱いてしまう自分は、もしかしたら狂っているのかもしれない。

「連れ戻して…どうなる？」

冷静になるために、槙野は声にして問いかけた。

「連れ戻して、どうするんだ。一体なにが変わるってんだ？」

無理に和久田を引き留めて、もっと激しく傷つけ合うのか？　あの人にどこまでも傷つけられて、それでも懸命に耐え続けるのか？

クッ…と槙野は笑みを漏らし、馬鹿げた迷いを払いのけた。

「傷つけたのは、俺じゃないか…っ！」

自覚したとたん、可笑《おか》しくもないのに肩が揺れた。クックック…と声まで跳ねる。

床に落ちたパネルの側へ、槙野は這った。グラスが傷つけた場所は、図らずもふたりが繋いだ手だった。

「壮さん……っ」

元凶は、自分なのだ。すべて自分の蒔《ま》いた種だと、槙野は激しく後悔した。

和久田をまんまと部屋に連れこみ、和久田の全裸に鼓動を乱し、こんなにもあなたを見つめているると言わんばかりにパネルを自慢し、一緒に暮らしたいと鍵まで渡して……。

『しゃぶれよ――――変態野郎』

あの言葉を和久田に言わせたのは、槙野だ。挑発したのだ、槙野自身が。

あまりにも憧れが強すぎた。どうしたらこちら側に来てくれるのか、どうすれば受け入れてくれるのか、それしか考えられなかった。

滑稽《こっけい》なうえにお節介。こんな最低の男につきまとわれて、さぞかし迷惑だったろうに。

「ふ……は、はは…」

槙野は身を折り、床に突っ伏した。それでもひとり、笑い続けた。

「でも俺はどうしても、終わらせたくなかったんだ…っ！」

苦渋の声を絞りだしたら、苦い涙が溢れた。

「イッて、早くイッてよ和久ちゃんっ、ぁ、あーっ」

白い乳房を左右に揺らして、千夏《ちなつ》が仰《の》け反《ぞ》る。長いウエーブヘアに顔を埋《うず》めたまま、和久田は千夏の肉づきのいい腰をつかんだ。

つけっぱなしのテレビの音量に負けまいとして、千夏が嬌声《きょうせい》を迸《ほとばし》らせる。まるでAV女優のように大げさに喘ぎ、大きく足を開いて、和久田の背に爪を立ててくる。

千夏のほうは何度もオルガズムを体感しているらしいのに、なぜか和久田はなかなかフィニッシュまでこぎつけないでいた。

今日だけではない。ゆうべもだ。その前も。槙野のマンションを飛びだしたあと、半日かけてヤクザを撒き、ようやく千夏のアパートに転がりこんだのが三日前。以来今日まで、和久田がまともに果てた日はない。槙野の口の中に放ってから、一度もだ。

和久田がフィニッシュを迎えられない原因を、千夏には「精神的なものでしょ」と軽く切って捨てられた。「ヤなことがあると、そんなもんよ」と、馬鹿にしているのか慰めているのか不明なセリフを、煙草の煙と一緒に吐きながら。

――槙野に、口でさせたとき。

本当は、出すつもりなどなかったのだ。和久田のものを口に含んだ時点で、充分槙野は屈辱的だっただろうし、和久田を恨んだに違いない。二度と節介を焼こうなどと思わないだろうと。これで和久田を見捨ててくれる、そんな確信さえあったのだ。それなのに。

槙野があんな顔をしていたから。

和久田のものを口に含みながら、槙野はその顔に、恍惚感さえ漂わせていた。

愛しそうに、懐かしそうに、あんな部分すら受け入れてしまった…槙野。

だから和久田は逃げたのだ。どこまでも和久田を許容してしまいそうな槙野が、心底恐ろしくなって。このままだと、槙野の一途さに抗えなくなってしまいそうで。

それゆえ和久田は、わざと槙野を貶める言葉を並べ立て、残酷に突き放した。

望んだとおり、槙野は鵜《う》呑《の》みにしてくれた。激情を露にし、和久田をマンションから叩きだしてくれた。

あそこで和久田を切り捨ててくれなかったら、どうなっていたか知れたものではない。けれど、もういい。終わったのだ。もうあの顔を見なくて済む。二度と過重な期待をされなくて済む。そう思うだけでホッとする。なのに錆びついたような苦みが、三日過ぎたいまも舌の上に残っているのは、なぜだ。

ようやく、終わらせることができたのに。

「ねぇ和久ちゃん、やる気あんのぉ？」

ふいに言われて、あ…と和久田は我に返った。どうやら千夏の中に挿《い》れたまま、萎んでしまったようだった。

慌てて注挿《ちゅうそう》を試みるものの、復活する兆《きざ》しは皆無だ。あーあ、と不満を零した千夏が、それでもぺしぺしと和久田の背を叩いて労《いたわ》ってくれる。

「ま、いいよ和久ちゃん。仕方ないよ。塔子に捨てられてさ、志保里にも裏切られた後遺症ってヤツなんでしょ。とりあえずアタシはOKだから。無理することないよ。ね」

なにがOKなのかを訊きあぐねている間に、千夏は全裸のままベッドに横になり、さっさと煙草に火をつけてしまった。

自分にも他人にもドライな千夏は、こちらも余計な気を使わなくていいぶん、女にしてはどこかあっさりしすぎている。もしもこれが塔子なら、「あたしの体に飽きちゃった？」と冷めた口調で厭みを言うだろうし、志保里なら、和久田がイクまで絶対に体を離そうとしないだろう。

女は面倒だとわかっているくせに、女の世話にならなくては雨を凌ぐ場所さえ得られないのだから、こんな情けない話はない。

他人のことなどまったく気にしない千夏が、テレビのリモコンに手を伸ばし、うるさいほどボリュームを上げる。

「あーこれこれ。ワイドショー。三面記事だって馬鹿にするヤツもいるけどさ、アタシこれ好き。これ見ないと一日が始まんないの。社会の情報ってやつ？　それ知っとかないと客と話が続かないじゃん」

言って千夏が煙をフーッと宙に撒《ま》いた。一日の始まりが午後の三時という時点で、すでに和久田はこの部屋ごと、社会から脱落しているような気がしてならないのだが。

こんな生活を続けていたら、正常な感覚など簡単に麻痺してしまうとわかっていながら、気づけば結局は自堕落に時間だけを食い潰してしまっている。すべては自分の意志の弱さだと、和久田は表情を曇らせた。

そんなことは気にもせず、悩みもしない気楽な千夏が、次から次へと変わるワイドショーの話題に、いちいちコメントをつけ足している。

「これこれ、和久ちゃん。このニュース知ってる？　店のコがコイツの大ファンでさ。だからゆうべも、すんごい盛り上がっちゃって」

言って、千夏が和久田の肩を肘で突いた。面倒くさいと思いながらも、和久田はテレビに視線を向けた。その直後、「え…」と目を剝く。

「Jリーガーの、黒い疑惑…？」

ブラウン管の隅に貼りつけられた文字を、和久田は知らず声にしていた。そうそうそうと、千夏が腹立たしいほど軽い相づちをよこす。

「コイツ、いま超人気でさ。なのにヤクザと密会だって。なんかさぁ、ヤクザに現金渡してたらしいよ。いい人っぽかったのにサイテーだよね」

和久田は身を乗りだしていた。凝視した画面に映し出されていたのは、見覚えのあるマンションのエントランス――槙野の自宅前だ。

路上には、かなりの数のリポーターが詰めかけている。その中のひとりが、あたかも大事件が勃発したかのように興奮を露にし、カメラに向かって早口で実況をしていた。

『壱和会《いちわかい》と密接な関係があったと疑惑を持たれているのは、東京レックス所属の人気Jリーガー、槙野志伸選手です。槙野選手は、現在この自宅マンションで謹慎中ということで、今回の疑惑に対し本人は、事実に相違ありませんと、金品のやりとりがあったことを素直に認めているということです。チーム関係者からは事実無根との声明が出されたばかりで、それを否定する形での本人のコメントが、騒ぎをさらに大きくしており…――』

呆然と目を見開き、絶句している和久田に気づきもせず、千夏が呑気に煙草を吹かす。

「人気Jリーガーとかいうけどさ、こうなったら終わりだよね」

「終わり…？」

千夏の空笑いが、和久田の神経を逆撫でした。そうとは知らず、千夏が続ける。

「マスコミ敵に回すと怖いよね。きっとこの人も頑張ってサッカー選手になったんだろうけどさ、これじゃ人生一巻の終わりってやつ…――きゃっ！」

パン――と。

和久田は千夏の頬を打っていた。

「な…なにすんのさっ！」

和久田を振り仰ぎ、千夏が目尻を吊りあげる。「和久ちゃんの体が目当てなの」と平気で周囲に吹聴する千夏の、そのどこまでも軽薄な神経は、懸命な努力を積み重ねてきたであろうひとりの男の人生をも、軽く一笑してしまう。

千夏が悪いわけではないのに。

「なんで叩くのよっ！　アタシ、なんか悪いこと言った？　ちょっと和久ちゃん！」

和久田は黙ってベッドから下りた。あの日、槙野に借りたままのスウェットパンツとTシャツを身につけ、千夏の部屋にぶら下げたままのハーフコートに腕を突っこむ。

和久田が出ていくと知って、慌てて千夏が縋りつく。

「塔子のところに帰るの？　塔子は絶対ヤクザにチクるよ。やばいよ、行かないほうがいいって。アタシのとこにいたほうが安全だよ。ねぇ和久ちゃん！」

サンダルやパンプスが乱雑に転がった狭い戸口で靴を履き、和久田は千夏を振り返った。意地と不安が交互に覗く顔に目を細め、和久田は言った。

「頑張ったヤツの人生ってのは、そんな簡単に終わるようなものじゃないんだ」

「え…？」

ぽかんと見あげる千夏に背を向け、和久田はアパートをあとにした。


足が勝手に、槙野のマンションへと向かう。

さっきのテレビ中継から一時間しか経っていないせいか、まだ数多くのマスコミが路上で待機していた。

和久田はハーフコートの襟を立て、前を掻き寄せた。写真を撮られるかもしれないとか、マイクを向けられるだろうとか、そんなことまで考えている余裕はなかった。

ハーフコートのポケットには、あの日槙野が和久田に無理やり押しつけたスペアの鍵が入っている。和久田は鍵を手に握り、まっすぐに正面玄関へと突き進んだ。

通行人の気配に気づき、先ほどテレビで実況中継していた女性リポーターが笑顔でマイクを差し出してきた。

「ちょっとすみません。このマンションの方ですか？　こちらに東京レックスの槙野選手が住んでいらっしゃるのはご存じですか？」

それには答えず、和久田はエントランスのキーボックスに鍵を突っこみ、手早くドアロックを解除した。

「こちらに暴力団らしき人物が出入りしていた様子はありますか？　今回のこと、マンションで暮らす方々にとっては迷惑ですよね？」

強引にコメントをもぎ取ろうとするリポーターを、和久田は冷ややかに一瞥《いちべつ》した。

「おい――――あれ」

ドアが閉じる間際、背後で誰かが声を潜めた。

「あれって和久田じゃないか？」

「和久田って、元レックスの？」

その声に、カメラが一斉に反応した。

同時に、和久田の後ろでドアが閉まった。


ドア前のインターホンを鳴らしても、槙野からの応答はない。

だが、いるのはわかっている。おそらく身を硬くして、食うものも食わず微動だにせず、意識的に外部を遮断しているのだろう。

和久田も、そうだった。

希望に満ち溢れた二十五の年。単独で乗りこんだイタリアは、最初から和久田を歓迎してはくれなかった。

言葉の壁に阻まれ、習慣の違いに面食らい、意思の疎通を図ろうと努力するより先に、チームメイトから余所者《よそもの》の烙印《らくいん》を押されてしまった。

チーム内練習のフィールドに立っても、故意にパスを避けられ、あげくに味方であるにも拘わらず、キープしたチャンスボールを横取りされることもしばしばだった。あまりの仕打ちに食ってかかると、監督は和久田を「協調性皆無」と見なし、試合で使ってくれなくなった。

それでもなんとかして見返してやりたいと、和久田は和久田なりに、懸命に努力したのだ。だが、焦りはプレーに出てしまった。ようやく得たチャンス…後半残り五分。敵のドリブルに果敢に突っこみ、奪ったボールを、ゴールにぶちこもうとした瞬間。

選手同士もつれ合い、背中に味方がぶつかった。そのままゴールポストに叩きつけられた和久田は、右足首を骨折してしまい、それを理由に前線から外され…解雇された。

イタリアのマスコミに「気性の荒いトラブルメーカー」のレッテルを貼られた和久田を拾ってくれるチームなど、ヨーロッパ中を探し回っても、どこにも存在しなかった。

どんなにサッカーを続けたくても、もう誰も和久田を必要としていなかったのだ。

疲れ果て、帰国したときには、すでに三十二になっていた。そんな和久田に提示されたコーチというポジションは、和久田自身の希望とは遠くかけ離れたものだった。

もう自分は終わったのだ——そう思った瞬間、唐突に人と会うのが怖くなった。とくに自分を知る人間とは。声を発することにすら、和久田は神経を尖らせた。まるで世界中の人々が自分の敵になってしまったかのように感じられてならなかった。

過去の自分を語ることは、いまの自分を敗者と見なす、苦痛の作業でしかなくなった。だから和久田は雑多な人種の集まる新宿に…歌舞伎町の地下に潜ったのだ。

ここなら誰にも見つからない。あの和久田壮平だとは気づかない。そう安堵して。

なのに、槙野が来てしまった。槙野は騙されてくれなかった。

落ちぶれた和久田を前にして、目を輝かせてこう言ったのだ。

「和久田壮平選手ですよね?」———と。

あの目に、和久田は魅了された。救われた…といっても過言ではない。

槙野の目には、哀れみの感情など一切なかった。計り知れない尊敬の念と憧れに満ちていた。

ただ、眩しすぎるその視線に応えてやれない自分が…まともに見つめ返すことすら躊躇している無力な自分が、たまらなく苦しく惨めではあった。

鍵をしっかりと握り直した和久田は、それを使って玄関ドアを開け、中に入った。他人の住居だ。最初に声をかけるべきなのだろうが、先日あんな形でここから追いだされたことを思うと、馴れ馴れしく名を呼ぶのも気が引ける。

どうしたものかと悩んだ末、和久田は黙って靴を脱ぎ、廊下に上がった。リビングのドアを開け、中を覗きこむ。

ブラインドで外光を遮断した室内は、暗い。次に、おそらくは寝室だろう突き当たりのドアをノックしてみると、奥に人の気配を感じた。

「槙野、俺だ。…和久田だ」

声をかけ、和久田はドアを静かに開けた。

背中でドアを閉め、前方に視線を落とす。広い洋室の窓側にあるのは、ゆったりとしたサイズのスプリングベッド。その中央が、こんもりと人の形に盛りあがっていた。

「槙野。起きてるか?」

和久田は穏やかに声をかけた。ベッドへ辿り着くまでに知った事実は、寝室の壁にも現役時代の和久田のパネルがいくつも飾られていたことと、そして。

ベッドの枕元に置かれた掌サイズの真新しいフレームには、LEONのカウンターで煙草をくゆらせている和久田の横顔が収められていたこと。

おそらく携帯電話のカメラで撮影したのだろう。それにしても一体いつの間に撮られたのだろう。まったく気づかなかった。

少し疲れの滲む気怠い横顔、短い煙草。襟足で束ねた髪は長く、無精髭も生えている。

現役時代とは似ても似つかない自分の現在が、そこにある。

なぜ槇野は、こんな胡散臭《うさんくさ》い男を和久田壮平と認識できたのだろう。本人が見ても昔の自分とは同一人物と思えないほど変貌しているというのに。

柄にもなく、目の奥が熱くなる。

よくぞここに飾ってくれたものだ。過去の栄光たちと一緒に並べても遜色ないと思ってくれたのだろうと、槇野の判断を信じたい。

槇野は言ってくれたではないか。一時代を築いた選手を…ではなく、和久田壮平という人間を追い続けていたのだ、と。五歳の日、幼い目が見つけた高校生の和久田が、やがてプロとなり、イタリアに移籍し、ファンを裏切る結果となってからもずっと、心の目で和久田を追いかけ、和久田を想い、見守り続けてくれていたのに違いなかった。

あの日繋いだ互いの手は、時を経ても離れることなく、いまだしっかりと繋がっていたのだ。

「槙野…」

呼ぶ声が掠れる。胸が詰まって、震えてしまう。これほど一途な男に、自分はなんと酷い仕打ちを与えてしまったのだろう。

「俺のせいか、槙野」

そっと訊くと、布団がモゾ…と動いた。ようやく槙野が顔を出す。

ひどく憔悴した顔だった。無精髭を剃り落としている和久田に対し、今度は槙野が顎に髭をぱらつかせている。まだまだガキだと思っていたが、こんなに男くさい側面を持っていたなんて知らなかった…と、またしても妙な感慨を覚えてしまう。

手を繋いでフィールドに立った少年は、立派な男に成長していたのだ。

成長していなかったのは、和久田だ。和久田だけが、いつまでも過去に拘り、いまの自分は自分ではないと否定し続け、認めようともしなかった。

ただひとり、和久田を認めてくれる人が、ここにいたのに。

「なにもかも、俺のせいか。俺を助けるために、暴力団に金を渡したのか?」

「そうだと言ったら、どうします?」

自暴自棄に嗤う槙野に、和久田は極力穏やかに告げた。初めて槙野に、優しくしてやりたいと思えた。

「俺がマスコミに理由を話す」

一瞬、目を丸くした槙野だったが、やがて小刻みに肩を揺らし、大きな片手で顔を覆った。

「マスコミになにを言っても無駄なのは、あなたが一番よく知ってるじゃないですか。イタリアでどんなに頑張っても、強引なプレーとか協調性に欠けるとか酷評されて、怪我で解雇と発表されれば、とたんに引退だと騒がれる。…だろ？　壮さん。そんなあなたが、マスコミになにを期待してるんだ。あんな連中に、話なんて通じるわけないのに」

とりつく島もない。おまけに指摘が的確すぎて、返す言葉も見つからない。

低いスプリングベッドの端に腰を下ろし、和久田は小さく苦笑した。

「俺のせいだが、お前のせいでもあるんだぞ、槙野。頼みもしないのに、横から首を突っこむからだ。俺のことなんて放っておけばよかったものを」

ちらりと見下ろすと、布団から顔半分だけを覗かせた槙野が、恨めしそうに目を吊りあげる。

「壮さんが、自分を大切にしないからじゃないか！」

「人のせいにするなよ。俺が自分をどう扱おうが、お前に文句を言われる筋合いはない」

ぐ…と言葉に詰まりつつも、槙野は負けじと意見をぶつけてくる。まったく強情極まりない。

「でも俺は、壮さんには、壮さん自身が納得できる人生を歩んでいてほしかったんだ。あなたが笑って、あなたが走って、あなたが幸せでいてくれて……それが俺のガキのころからの夢で、目標で、絶対に叶う現実だったはずで……！」

「…サッカーをやめた俺でも、いいのか？」

「俺はいつまでも子供じゃない。それがあなたの決めたことなら、俺は喜んで受け入れる。だけど、あなた自身が納得していない生き方を見せつけられて、俺が許すはずないでしょう！」

どこまでも強気な口調に、和久田は吹きだしそうになってしまった。

頭を撫でたのは、無意識だった。信じられない現象に遭遇したかのように、槙野が目を丸くする。和久田は構わず槙野の短い髪に触れた。硬く、若い髪。強い意志を示す髪。

「サンキュ、槙野」

「壮さん…？」

「俺を連れ戻してくれて、ありがとう。…恩に着る」

自然に零れたその言葉に、ああ――と和久田は目を細めた。

そういうことだったのだと、たったいま、理解できた。

和久田は槙野に甘えていたのだ。覚えていてくれたことが意外すぎて、足繁く会いに来てくれることが信じられなくて戸惑うばかりで、おまけに、この複雑な気持ちをどう表現すればいいのかわからなくて、安易に突き放すことをしてしまったのだ。

本当は、涙が出るほど嬉しかったくせに。

「ごめんな――槙野」

顔をくしゃくしゃにした槙野が、突然布団を払いのけ、和久田にしがみついてきた。子供のような反応に苦笑しながら、和久田は槙野の背をとんとんと優しく叩いた。

和久田の腹に顔を埋め、小刻みに震え、戸惑いながら、槙野が感情を吐きだしてゆく。

「なんで謝ったりするんだ…っ、謝らないでください、壮さん！」

「俺はお前に酷いことをした。お前の好意を踏みにじった。イタリアで、踏ん張れなかった。ファンの気持ちに応えられなかった。みんなを失望させた。だから、お前に謝りたいんだ」

違う、と槙野が首を横に振る。

「違う！　壮さんは悪くない。俺が…ずっと壮さんのことを好きで好きでどうしようもなくて、悪いのは…俺なんだ！」

「…槙野？」

槙野が身を起こす。和久田の腰に巻きつけていた両腕を和久田の肩へと登らせて、真正面から和久田を強く抱きしめる。

苦しくなるほど強い力で引き寄せられて、和久田は軽い呼吸困難に陥った。それでも槙野は感情も力も、決して弛めようとしない。

「壮さんが消息不明になったとき、俺は壮さんを恨みました。どうして俺の前から姿を消してしまったんだって。…こんなファン、迷惑ですよね。でも本当に悔しかった。お願いだから帰ってきてくれって…もう一度俺の前に姿を現してくれって、毎日のように祈り続けていたんだ」

槙野の熱い息が、和久田の首筋にかかる。和久田の髪に指を差し入れ、やや乱暴に掻き乱しながら、感嘆交じりの言葉を漏らす。

「そして俺は、あなたを見つけた。十年も祈り続けて、やっと再会できたんだ。俺の…キャプテンに」

「がっかりしただろ？　十年かけて見つけた男が、こんなオヤジで」

苦い笑みを零すと、槙野は黙って首を横に振って否定した。和久田の顔を両手に挟み、間近から覗きこんでくる。

熱い目に、和久田は目眩を覚えた。これほど真剣に見つめられて、目を逸らせるはずがない。目だけではなく、心も。

槙野は微塵《みじん》の躊躇もなく、まっすぐに和久田へ想いを注いでくる。

「あなたに会って、俺はまた勝手な夢を見始めました…壮さん。毎晩あなたの作るお酒を飲めたらいいなって。昔みたいに抱きあげてもらえたら、どんなに幸せだろうなって」

「こんなデカイのを抱きあげたら、一発でぎっくり腰だ」

クスクスと笑うと、なぜか槙野が苦しげに眉を寄せた。壮さん…と掠れた声をつまらせて、いまにも泣きそうな目を一瞬逸らして。

すみません――と小声で謝罪した、その唇を。

和久田の唇に、押しつけてきたのだ。

驚きはしなかった。和久田はただ黙って、槙野の高ぶりが治まるまで唇を触れ合わせていた。

ようやく顔を離した槙野が、すみません…と再び謝る。下唇を強く嚙みしめ、俯いたかと思いきや、ぽたぽたと涙を零した。

「サッカーが一番の楽しみだった子供の俺は、いまもサッカーが楽しくてたまらない。和久田壮平が好きでたまらなかった俺は……いまもずっと、あなたが好きだ」

言って、槙野が顔を起こした。頰に伝う涙を指で拭ってやりながら、和久田は苦笑した。

「泣くなよ。男だろ？」

なのに槙野は、精悍で凛々しいはずの顔を、くしゃくしゃに歪めてしまう。

「あのときと同じだ…」

「あのとき？」

槙野が首を縦に振る。懐かしそうに、嬉しそうに、泣きながら思い出を口にする。

「緊張して…足が動かなくなって、震えて立ち竦んでいた俺に、あなたは言ってくれた。泣くな、男だろ…って。そう言ってあなたは俺の頭を撫でて…抱きしめてくれたんです」

ああ…と和久田は目を細めた。朧げに記憶が残っている。

少年の羨望の眼差しが、和久田にはなによりの勇気だった。

この少年に——槙野志伸に恥じないプレーをしようと誓った、あの日。

「たとえ一瞬でも俺は、お前のヒーローになれたのか？」

訊くと、槙野が目尻を下げた。当たり前じゃないですかと、笑みと涙を同時に零して。

「五歳のときから…この先もずっと、あなたは俺のヒーローです。——キャプテン」

槙野が両腕を伸ばしてきた。和久田を抱きしめ、そのまま体を預けてくる。ベッドに和久田を仰向けに倒し、首筋に唇を押しつけて、愛しくてたまらないと言いたげに和久田の全身に掌を這わせる。

「あのときみたいに抱きしめてください。どうか俺に、勇気をください」

「槙野…」

「愛してるんだ——壮さん」

告白した唇が、和久田の顎を這う。唇に唇を押しつけ、強引に舌が押しこまれる。槙野の口づけは、その若さ同様に迷いがなかった。まっすぐな想いを正面からぶつけられて、和久田の胸には戸惑いよりも、心地よい諦めが満ち広がっていった。

五歳の日から無意識に槙野は、こうなることを望んでいたのだろうか。

和久田の手を。その温もりを。想いはいつか、こんな形で成就《じょうじゅ》するのだと。

槙野の両手が和久田のTシャツをまくりあげ、硬い腹筋を撫で回す。ため息交じりに和久田の名を何度も繰り返し呼びながら、和久田から服を奪い去る。

全裸の和久田を、槙野が見つめる。頭の先から足の先まで存分に触れ、深いため息を何度も零して感嘆する。

「壮さん、全然変わってない」

言われて和久田は苦笑した。いくらなんでもそんなはずはないだろうと思うのだが。でも槙野の目にはそう映るのならそれでもいいかと、嬉しい妥協に目尻を下げた。

「変わってないって、お前、昔の俺の裸を知っているのか？」

わざと意地悪く訊いてやると、槙野が頬を赤らめた。その…と口ごもり、視線を宙に泳がせる。

「えっと…その、試合のあとに、相手チームとユニフォームを交換するじゃないですか。テレビカメラは大抵、壮さんを長めに映してくれたから……いつも心臓バクバクさせてました」

正直に告白して、すみませんと頭を下げる槙野に、思わず和久田は笑ってしまった。

「マセガキ」

「ホント、すみません」

「お前って、ガキのころからそういう性癖だったのか？」

訊ねると、槙野が耳まで赤くした。

「気づいたのは、三日前かな。壮さんのを……口で、してから」

言われて和久田は目を丸くした。ますます顔を真っ赤に染めて、槙野が俯く。

「無理やりさせられてたはずなのに、その…全然いやじゃなくて。でも、壮さんに見透かされたことが恥ずかしくて、正直すごくムカついて。それまでは壮さんに対する気持ちは、尊敬とか憧れとか、そういう類のものだとばかり思ってたから、自分でもすごく焦りました」

正直な槙野の告白に、和久田は黙って目を細めた。本当に槙野は潔い。聞いているだけでこちらまで心が浄化されるような、不思議な充足感に包まれる。

「壮さんは…その、やっぱり女の人のほうがいいですか？　俺では…気持ち悪いですか？」

祈るような声で訊かれ、和久田は改めて槙野少年の純粋さを思い知らされ、過ぎた月日の大切さをじっくりと噛みしめた。

和久田が自堕落に潰した年月は、同じ時間を費やして、こんなにも純粋で愛しい若者を、和久田の元に遣わせてくれたのだ。

この若者の目標でいられた自分を、誇りに思う。

「ひとりだけ素っ裸ってのは、どうも照れるな」

そんなセリフで、槙野の質問に答えてやった。一瞬目を丸くした槙野が、ほどなくして笑み崩れ、和久田を跨《また》いだまま上を脱ぐ。

現れた肉体に、和久田は感嘆を漏らしかけた。現役のスポーツ選手の肉体とは、これほど輝いているものなのかと驚きを抱くと同時に、淡い郷愁が胸を焼く。

自分がもっとも輝いていた時期に、槙野と出会えて、よかった。

あの時代の和久田が、槙野の記憶に焼きつけられていて、本当によかった――――。

和久田は右手を槙野へと伸ばした。太い首を引き寄せ、唇を塞ぐ。やや乱暴に味わったあと、唇を離して和久田は言った。

「男とするのは初めてだから、要領が悪くても見逃してくれ」

「大丈夫。俺もですから」

くすくすと柔らかい笑みをあたりに散らして、槇野が和久田の唇を吸う。押しつけるようにして舌を探り当て、ようやく巡り合えた恋人を抱擁するかのように、優しく強く啜りあげる。

「……っ」

女の頼りない唇とは、ずいぶん感触が異なる。押し入ってくる舌は雄々しく、それだけで息が継げなくなるほどだ。

苦しくて、和久田は唇をもぎ離した。露になった首筋に、すかさず槇野が唇を寄せてくる。痕がついてしまいそうなほど強く吸われて、年甲斐もなく和久田は焦燥した。この歳になってキスマークなど、恥ずかしすぎる。なのに槇野は自分の痕跡を和久田の肌に灯すことに喜びを見いだしてしまったらしく、体を下方へずらしながら、あちこちに痣《あざ》を残してしまうのだ。

「……ぅ」

舐められたのは、胸の突起。身を捩って逃れようとする和久田を、槇野が強引に戻してしまう。そこが感じるとわかったら、執拗にそこばかり攻めてくるのは若い証拠か。

「ま…槇野、お前ばかりヤッてないで、最初は年上に主導権を…っ、あ!」

反射的に和久田は声をあげてしまった。槇野が和久田の中心を握ったからだ。槇野が素早く擦り立てる。あ、あ、あ…と短い悲鳴を口の中で発しながら、和久田はシーツに頬を押しつけた。

「く……ぅっ」

「壮さん、気持ちいい？」

「……っ」

「もっと声聞かせて。壮さん」

名を囁かれ、下身を扱かれ、乳首を執拗に吸われながら懇願され、たまらず和久田は目を閉じた。こんなセックスは初めてだ。これほど戸惑ったことは、かつてない。

慌てふためき、羞恥にまみれ、相手を…可愛いなどと感じることは、本当に一度もなかった。

完全に受け身になっている自分が信じられなくて、和久田はとっさに俯《うつぶ》せになり、槙野の手から逃れようとした。だが、逃れられたと思った直後、胸とシーツの間に潜りこんできた槙野の両手に、感じる部分をもっと強くつかまれてしまったからたまらない。

「あ…――――！」

捻るように摑まれ、根元に指を食いこまされて、どくん――――と妖《あや》しい反応が下腹部に生じる。指で強く揉みほぐされ、徐々に、そして確実に、和久田のものが勃ってゆく。

変化してゆく和久田の性器を、その掌で愛おしそうに撫でながら、槙野がため息交じりに繰り返している。

「壮さん…愛してる。壮さん、壮さん…！」

「ぁ…あ…っ」

まるで槙野の掌を通して、一途な情がペニスに浸透していくようだった。そこばかりが熱く滾《たぎ》り、激しく疼き、心臓にでもなったみたいに、どくんどくんと脈打っている。

和久田の根元を延々と刺激していた槙野の指は、やがて茎を這いあがり、和久田の充血した先端へと到達した。さっきからずっと弄られっぱなしの乳首同様に、槙野はペニスの先端さえも指の腹で器用に擦り立ててくる。

「壮さん…もう漏らしてる」

囁き声で教えられ、和久田は耳まで赤くしてしまった。そんな恥ずかしい現実を、自分より年下の…それも男に告げられて、さらに感じてしまうとは、自分で自分が信じられない。

「舐めていい？　壮さん」

乳首とペニスをさんざん玩ばれたまま訊かれて、和久田は懸命に首を横に振って拒んだ。これ以上されてしまったら、男としてのプライドも、年上の威厳も、なにもかもが総崩れだ。

でも槙野は完全に調子に乗っていて、力ずくで和久田を仰向けに返し、和久田の両肩を押さえつけ、しっかりとベッドへ縫い留めてしまう。膝に手をかけられ、和久田は槙野の手を剝がそうと躍起になった。強ばる和久田の膝を強引に左右に開こうとしながら、槙野が苦笑を漏らす。

「この間は自分から開いたくせに」

「う…うるさいっ！」

「力抜いて。壮さん。怪我させたくない」

「え。ちょっと、待っ…ァ」

「頼むから、させて。この味を俺に教えたのは…あなただ」

懇願か、脅しか。和久田が一瞬怯《ひる》んだ隙に、膝は大きく割られていた。

端正な槙野の顔が、和久田の中心で蠢く。

「は…――――」

この間より、ずっと……感じる。

とっさに和久田は、顔の前で両腕を交差し、恥ずかしい表情を隠した。強く吸われて腹部が大きく起伏する。息が乱れ、喘いでしまう。内股を撫でられて、知らず自分から広げてしまう。

いやらしい音が響く。槙野の無精髭がちくちくする。

和久田が女のヴァギナを舐めるとき、女たちもこんな痛みを感じていたのだろうか。あらぬ部分で自在に蠢く舌に、股間を震わせていたのだろうか。女たちはいつもこんなふうに、男から施されるセックスに喜びを見いだしていたのだろうか。

この瞬間の、和久田のように。

吸いついてくる。槙野の唇が。上顎が。舌が。

「ぐ…っ」

どんなに我慢しても、どくどくと下から湧いてくる。理性を追いやり、プライドを押しのけ、そして――――。

「…――――――ッ!」

腰が激しく引きつった。がくがくと、全身が崩れた。

和久田は槙野の口に、思いきり放ってしまっていた。

放出のあとに押し寄せるのは、解放感と倦怠感。頼りない声が、細く長く糸を引いた。

弱々しく呻く和久田を、槙野が優しい笑みを浮かべて見下ろしている。なにか言ってやらなければ気が済まないと思うものの、早々に槙野の口でイッてしまった自分の腑甲斐《ふがい》なさを思うと、恥ずかしくて声すら出せない。

「俯せになってくれる？　壮さん」

槙野に促され、和久田は余韻に身を震わせつつも黙って従った。すると背中に、ぴったりと身を重ねられる。和久田の臀部《でんぶ》に密着してきたのは、槙野の成熟した性器だ。雄々しすぎるリアルな存在に、和久田は反射的に身を強ばらせた。

「優しくするから、させて。壮さん」

「さ…させてって、なにを……ちょっ、待て、ぁ、あ…！」

襟足の髪を分けられ、うなじを優しく舐められて、ビリ…ッと体に電気が走った。反射的に浮かせた腰を、槙野が軽々と抱えてしまう。尻だけを突きだした格好で固定され、どういうつもりだと慌てている間にも、あろうことか槙野は和久田の後ろに唇を当て、そこを舌でほぐし始めたのだ。

「う…わ…っ」

いくらなんでもそんな場所は…と狼狽える和久田を力で押さえ、槙野が徐々に舌先を中へと潜らせてしまう。和久田がどんなに逃れようと抗っても、槙野の手は和久田の腰をしっかりと抱き、指まで埋めこんでしまうのだ。

例えようのない圧迫感と異物感に、和久田は焦燥した。このあと自分がどうなってしまうのか、まったく予測がつかない。

「ぐ…」

「痛い？　壮さん」

指をゆったりと出し入れしながら訊ねられ、和久田は無意識に首を横に振っていた。そうなのだ。痛くはない。ただ、奇妙なのだ。そんなところに指を挿れられて、どうして嫌悪を感じないのか、それが不思議でたまらないのだ。

槙野がさらに指を押しこむ。抉るように動かされて、和久田は歯を食いしばった。

「好きだ、壮さん。世界で一番あなたが好きだ、壮さん、壮さん…っ」

興奮気味に囁きながら、槙野が指の動きを速くする。そこを槙野が唾液で湿らせたものだから、やたら生々しい音があたりに響き、いっそう和久田を混乱させる。

「待て、待…っ、頼む、槙野、そこ…は、ちょっ、と、ァ、あっ！」

指はいつしか束になり、和久田は低い喘ぎ声を漏らしながら、肩で大きく息をした。両手でシーツをつかみ、顔を枕に押しつけて、これまでに感じたことのない異質な快感に心身を激しく乱しながら。

　自分より遙かに年下の男に好き勝手されて、情けないと思う以前に…これほどまっすぐな情を注いでくれる存在を、愛おしく感じ始めていた。

「ここ、いやじゃないよね、壮さん」

　いやではない。槙野なら。槙野の指なら、いやなことなどあろうはずがない。和久田は懸命に首を縦に振った。口を開いたら、恥も外聞もなく絶叫してしまいそうだ。

「そろそろ入るよ。…いい？」

　もうすでに、心に入りこんでいる。いまさらだ。だから和久田は開き直って頷いた。とにかく早く終わらせてほしいという自暴自棄な感情も、多少は含まれていたかもしれない。

　さんざん弄られ、弛んでしまったそこに、槙野のものがあてがわれる。

「指示して。壮さん。来いって…俺に命令して」

「……来い、槙野」

「了解――――キャプテン」

　背後から抱きすくめられ、うなじに顔を埋めると同時に「愛してる」と囁かれ、つられて「俺も」と告白しそうになった唇を、和久田は意地で噛みしめた。

「…――――…ぁッ！」

　槙野が、入ってくる。和久田のそこを押し開き、割り広げ、弾みをつけながら慎重に、確実に、まっすぐ奥へと進入してくる。

「ぐ…――――、うぅっ！」

「力を抜いて、壮さん。俺、あなたを傷つけたくない」

「そ…んなこと言っても…無理、だ…っ」

ベッドをずりあがって逃れようとしても、声音の優しさとは裏腹に、槙野が和久田を解放してくれる様子はない。しっかりと腰を確保し、硬い異物を是が非でも収めようとしてくる。

「は…ぁ、はぁ、あ…！」

「もう少し弛めて、壮さん。ごめん。我慢して。もう少しだけ。全部挿れるまで。ね？」

「だめだ、も…もう、勘弁して、く…れっ！」

「ごめん壮さん。本当にごめん。我慢して」

「く……ぁ、あっ！」

和久田はめちゃくちゃに頭を振り回した。我慢するから、頼むから、一刻も早く終わらせてほしい。

槙野が腰を進めてくる。和久田のそこが陥没する。皮膚が攣《つ》れ、和久田が痛みに呻くたび、槙野の指が結合部分を優しくマッサージしてくれる。少しでも和久田が痛くないよう気遣ってくれるのがせめてもの救いだ。

「う…、うぅ…っ」

これほど優しい男なら、どれだけでも女にモテるだろうに——と、余計なお節介が頭を過ぎるが、それでも槙野が和久田に寄り添うことを選ぶなら、なにも言うまい。

「全部入ったよ、壮さん。大丈夫？」

囁く槙野の息も乱れている。和久田の呼吸は、すでに上がっている。いつもは固く締まっている部分に、異物を挟みこんだまま背後から男に抱きしめられるのは、心地よさとはほど遠い。だけれど、明らかに孤独ではない。

槙野の手が和久田の股間を探り、やんわりと握る。

「く…ぅ」

挿れられたまま、あやすように肌を撫でられ、切ないほどの充足感を伴って、再びゆったりと勃ちあがる。

結ばれた部分を優しく往き来しながら、槙野が和久田のペニスを上下に擦る。一緒になってベッドに寝そべり、至福の表情で和久田の耳に口づける。

「俺が動くと痛い？　壮さん」

心配そうに訊ねる唇が、和久田の耳たぶを甘噛《あまが》みしている。じわりと広がるのは陶酔感だ。和久田の中で槙野のものが、また少し大きくなったような気がする。

「動いて、も……構、わ、ない…」

辛《かろ》うじて和久田は声にした。いいの？　と心配そうに槙野が和久田を横から覗きこむ。

その目の色は、完全に恋人きどりだ。目の縁が熱っぽく染まり、酩酊《めいてい》しているかのようにぼんやりと焦点が定まらなくて、それでいてどこか誇らしげで、優越感に浸っていて。

そんな顔をされたら、和久田だって我慢できない。

「俺も…このまま、イきそうなん、だ」

「ホント？　壮さん」

「だから、ゥ、早、く…す、済ませてくれ…っ。じつはかなり――――…やばい」

槙野が笑み崩れた。了解と微笑んで、和久田に優しい口づけをくれる。

槙野が和久田の斜め上に覆い被さった。腰を持っていかれる苦痛に顔をしかめると、

「俺の腕を噛んでいいよ」

言って、槙野が和久田の頬の下に逞しい腕を敷いてくれた。


痛いのか、苦しいのか。たったいま自分の身に起きているこの感覚を、和久田は正確に判断できずにいた。

聞こえるのは自分の嗚咽。感じるのは、下半身を裂かれるような痛みと衝撃。

「あ！　ぅあ！　あーっ！」

「壮さん…、壮さんっ！」

夢中になって、槙野が腰をぶつけてくる。身を捩って無意識に逃げようとする和久田を何度も両腕に抱き直し、和久田の内部を往き来する。

「ぐ…っ」

和久田は槙野の腕に歯を立てた。瞬間、槙野が息を詰める。それでもすぐに和久田のうなじに唇を押し当て、噛んでていいよと許可してくれるのだ。

槙野の想いに応えたくて、和久田は全身の力を抜こうと努力した。そうするとわずかながら、痛みが遠のくような気がするのだ。

槙野の注挿も、いつしかスムーズになっている。和久田自身も苦痛の中に、ときおり別の刺激を…快感を、探り当てるまでになっていた。

「…気持ちいい？」

訊かれて和久田は頷いた。嘘ではない。その証拠に、和久田のペニスは槙野の手の中で、いまにも弾けそうになっている。

槙野が何度も感嘆の息を吐く。和久田を抱きすくめ、唇を押し当て、腰の動きを速くする。

「一緒にいこう、壮さん。俺と、い――――」

最後まで口にせず、槙野が大きく息を吸った。和久田は逆に、息を止めた。

「…――――ぁぁぁ…っ」

槙野の全身が痙攣《けいれん》した直後、和久田は二度目の解放を味わった。

放出と同時に、和久田の体の奥が濡れた。

槙野の放ったものが、和久田の体内に広がってゆく。

放ったのに、満ちてくる。初めての体験に和久田は恍惚となりながらも、大きく身を震わせて、
不可思議な余韻を貪った。いまだ和久田を抱きしめたまま、槙野も短い声を発し、下半身を気持
ちよさそうに痙攣させている。

「…ふぅ」

互いの身の震えが治まったころ、満足そうなため息が、肩越しに聞こえた。

「……――壮さん、最高」

心底幸せそうに微笑まれては、振り返るのも照れくさい。

和久田は腕を後ろへ伸ばし、槙野の頭をぐしゃりと混ぜた。


電話の呼びだし音がして、和久田は重い瞼を開いた。

視界の先にある壁時計は、九時を少し回ったところだ。ブラインドの隙間から差しこむ光は、
眩しい。ということは午前中か。

こんな健全な時刻に目覚めるなんて、何年ぶりのことだろう。

惰眠《だみん》を貪る和久田の隣では、槙野がスプリングベッドの端に腰かけ、神妙な口調で電話の向こ

う と会話している。内容からしてチーム関係者のようだ。報道の事実確認といったところだろう。あとは槙野の今後についての相談と。

「はい…ええ。はい。仕方ないです。わかってます。ご迷惑をおかけしてすみませんでした」

黙って背を向け、目を閉じていると、通話を終えた槙野が背中にそっと身を寄せてきた。和久田の腰に腕を巻きつけ、肩口に顎を乗せてくる。

「監督、なんだって?」

目を閉じたまま訊いてやると、槙野はしばらく和久田の頬に鼻先を擦りつけて甘えていたものの、やがて観念したように口を開いた。

「マスコミについては、すべて連盟で対応してくれることになりました」

「お前の処分は?」

「三か月間のリーグ出場停止だそうです」

「…イタリア行きの話は?」

和久田が知っていることに槙野は驚いたようだったが、それでも律儀に答えてくれた。

「それはもう、とっくに断りました」

苦笑する槙野の声は、意外にもさばさばしていた。

「なぜだ? チャンスだろう?」

「壮さんがヨーロッパのどこかにいると思ってたから、移籍を希望してたんです。でも新宿で壮さんに会った翌日、速攻で断りました。俺、もともと外国って苦手だし」

理由を聞かされて、和久田は気が抜けてしまった。昔の和久田が、あれほどに拘り続けたイタリアを、そんな理由であっさり蹴ってしまえることにも、和久田に対する槙野の気持ちも。それほどに強い情と明確な意志で和久田を捜していたことを改めて教えられ、いまさらながら胸が詰まった。

だが、もう槙野は和久田を見つけ、捕まえた。だから躊躇することはない。これからは自由に、どこまでも羽ばたいてほしいと心から願う。

そのための協力ならどれだけしても惜しくない。槙野のさらなる成長は、和久田自身の楽しみでもあるのだから。

前に回されている槙野の腕を宥めるように軽く叩いて、和久田は言った。

「原因は俺だ。午後にでも連盟に出向いて、事情を説明してくる」

「俺のために動いてくれるのは嬉しいけど、バレちゃわないかな、俺たちの関係。だって壮さん、顎の付け根や首にキスマークべったりついてるし」

ここも、こっちも…と指で位置を教えられ、う…と和久田は声を詰まらせた。困惑している和久田の耳元で、槙野が悪戯っぽく囁く。

「ま、俺はバレても一向に構わないですけど」

「俺は困る。これでも一応、元Jリーガーだ」

ひどいな…と槙野が苦笑を漏らし、長い手足を巻きつけてきた。

その腕をやんわりと解き、和久田はベッドから下りた。槙野に背を向けたまま、脱ぎ散らかしたままのスウェットとTシャツを拾って身につける。

玄関に向かおうとする和久田へ、槙野が長い腕を伸ばす。

「どこ行くの。壮さん」

真顔で見あげられ、和久田は苦笑した。まさか、いまさら逃げると思っているのか？

和久田は槙野に微笑んだ。逃げないよ…と。逃げる理由がなくなったから…と。

「そんなに心配なら、俺の首に…」

「首に縄でもつけておけ、ですよね」

言い当てられて、和久田は目を丸くした。

「どこかで聞いたセリフだな」

「あなたをエスコートしたあの日、あなたが俺に言ったんです。首に縄をつけてでも、サポーターの前に連れてってくれ…って」

微笑まれて、ますます和久田は驚いた。

「よくそんな昔のことを覚えているな」

感心しきりの和久田に、当然ですよと槙野が笑う。

「キャプテンの言葉を、俺が忘れるわけがない。それに俺は、あなたに誓った。絶対に逃がしませんって。その約束、ちゃんと守れてますよね。俺」

どこまでもまっすぐに語られる想いが、どうにもくすぐったくて、嬉しすぎて、槙野の顔を正視できない。和久田は視線を逸らしたまま話の方向を変えた。

「ちょっと煙草買ってくるよ。あと、なにか食い物も」

「まだマスコミがいるかもしれませんよ」

「無視するよ」

言って、和久田は槙野のナイロンパーカーを拝借し、玄関の外に出た。一応施錠しておこうとドアに視線を戻すと、そこには白い紙が一枚、ガムテープでしっかりと貼りつけられていた。

『ヤクザは出ていけ！』

和久田はなんの感慨もなく抗議の貼り紙を眺めていたが、やがて無言で手を伸ばすと、剥がして丸め、ポケットに突っこんだ。

「ほとぼりは、いつか冷めるさ」

ぽつりと呟き、軌跡を辿り、目を細める。

「わかるやつは…きっと、わかってくれている」

和久田を信じ続けてくれた槙野のように…と心の中で笑みを零し、和久田はエレベーターのボタンを押した。

　コンビニからの帰り道、和久田は風に乗って聞こえてくる子供たちの声に耳を澄ませた。

　見れば、土手の下に広がる河川敷《かせんしき》で、小学四、五年生だろう六人の少年たちが、流木をゴールに見立て、ミニサッカーに興じている。

　和久田は土手に腰を下ろし、コンビニのレジ袋から新しい煙草とライターを取りだした。一本唇に挟んで火をつけ、元気よく走り回る子供たちをのんびりと眺める。一番体の大きな子が、なかなか巧みなフェイントをかけて敵をかわし、見事一点を奪取した。

「やったー！　これで5対0だっ！」

「ずるいよー！　かっちゃん強いもん、俺たち勝てるわけねーじゃん！」

「だったらタクマも上手くなりゃいーじゃん」

「俺、上手いよ！　かっちゃんよりはヘタなだけで」

　子供らしい会話が、やたら愉快だ。

「なに笑ってんですか？」

　背後から、優しい質問が降ってきた。和久田の隣に男が並んで腰を下ろす。槙野だ。

「…マスコミに見つからなかったか？」

　見られてしまった照れくささを、和久田はそんな言葉でごまかした。槙野がクスクスと笑みを零し、立てた膝に肘を乗せ、嬉しそうに和久田を見つめてくる。

「ええ。マスコミもそんなにヒマじゃないみたいで。ラッキーでした」

「…ラッキーっての、お前の口癖か？　前にもインタビューで言ってたよな」

訊くと、槙野が目を見開いた。しばらく考えて、どうやら思い当たるフシがあったらしく、そうかもと呟いて苦笑した。

「前向きで、いい言葉だ」

呟くと、槙野が黙って微笑んだ。

河川敷に視線を戻すと、またしてもさっきの少年…かっちゃんが、迫力でボールを奪い、得点を加算している。

「ナイスキック！」

槙野の声に、少年たちの目が一斉にこちらに集中した。あ、と驚きの声を発し、タクマが槙野を指さした。

「あれ、東京レックスの槙野じゃねぇ？」

「えっ、槙野選手？」

「ウソ。マジッ？」

言うが早いか、少年たちが土手を駆けあがってきた。慌てて煙草を消す和久田と、その和久田の背中に隠れようとして狼狽える槙野と。

「うわ、どうしよう壮さん！」

「そりゃお前、ガキに背中を向けるのはマナー違反だろ」

「でもほら、ニュースでいろいろ騒がれてる身だし」

「ガキには関係ねーよ」

ホレ、と顎をしゃくってやった先には、まるで犬ころのような顔つきの子供たちが、それこそ尻尾を振るようにして集まってきていた。

「…みたいですね」

あっさりと逃亡を諦めた槙野が、たちまち少年たちに取り囲まれる。無邪気な子供たちの遠慮のない総攻撃を、スポーツマンらしい爽やかな笑顔で槙野がしっかり受け止める。

「ねぇねぇ、お兄さんって本物の槙野選手?」

「ああ、そうだよ」

「この間の試合で二点入れたの、俺、見てたよ。テレビだけど」

「ありがとう。嬉しいよ」

「握手してください、槙野選手」

「ああ、いいよ」

満面に優しい笑みを湛《たた》え、槙野がひとりひとりと握手を交わしている。それを心地よい気分で眺めていたら、さっきからひとりだけ…じっと和久田を見つめているかっちゃんと目が合った。

なんだ？　と目顔で訊いてやると、ふいにかっちゃんが和久田を指さし、言ったのだ。

「俺、こっちの人知ってる」――――と。

「俺んちのお父さん、すげーサッカー好きなんだ。Jリーグの写真とか、いっぱい持ってんだ。この人、超うまい選手なんだぜ？　レックスの壮選手って言うんだ。俺知ってるよ。お父さんいっつも言ってるから。レックスの壮は日本のサッカーを世界に伝えたヒーローだって」

「世界に伝えた、ヒーロー……？」

聞き返した声が、震えた。

胸が詰まって、瞬きさえもできなくなって、和久田は少年を黙って見つめ返した。

和久田の心を読みとったのだろう、代わりに槙野が答える。そうだよ、と。

「この人は…壮さんは、日本を代表する素晴らしい選手なんだ。レックスの壮選手がいたから、いまは日本のたくさんの選手たちが世界で活躍できるようになったんだよ。壮さんがいてくれたおかげで、俺も素晴らしい世界を観ることができたんだ」

微笑む槙野が、和久田の肩に腕を回す。感極まって動けずにいる和久田の体をそっと揺すりながら、静かな声で子供たちに訊ねる。

「きみたち、日本の人口って知ってる？」

「知ってるよ。もう学校で習ったもん」

「俺、言えます。一億二千七百万と…あとちょっと」

そうだよ、と槙野が頷く。

「俺はね、その一億二千七百万人の中で一番の、和久田壮平のサポーターなんだ。壮さんは俺の…ヒーローなんだよ」

かっちゃんが、いきなり和久田の手をつかんだ。頬を紅潮させ、おそらく胸をドキドキとさせながら、純粋な視線を和久田に注ぐ。

「俺もいつか世界に行く！　だからサッカー教えて、壮選手」

「俺も。俺も教えて！　俺はJリーガーになるから！」

タクマが和久田の肘を引っ張る。俺も俺もと、子供たちが和久田を強引に立たせてしまう。

「ねぇ、行こうよ壮選手。俺たちとサッカーしようよ」

せがむのは、小さな手。小さいけれど頼もしい手。真実と未来をつかめる手。

幼い槙野の手の温もりが、いま唐突に蘇る。

エスコート・キッズの中で一番体が大きかったくせに、誰よりも緊張していた槙野。いまにも泣きだしそうだった槙野。

正直、和久田は困り果てた。なのに、とてもリラックスできた。彼のおかげで、強くあろうと自分を奮い立たせることができた。

「早くー槙野選手！　壮選手！」

先に下りた子供たちが、ボールを手にしてふたりを呼ぶ。

穏やかな風景に目を細め、和久田はそっと隣に声をかけた。

「槙野」

「はい？」

「草サッカーのコーチも、悪くないな」

言うと、槙野が笑み崩れた。行きましょうと和久田に手を差し伸べる。

その手をとり、和久田は槙野と肩を並べ、駆け足で土手を下りていった。

POSTSCRIPT
JIN KIZUKI

こんにちは、綺月陣です。

再びSHYノベルスで書かせていただくことができ、幸せをじんわりと噛みしめている最中です。

突然ですが、好きです。オヤジ。くたびれ、疲れ果て、性格もひねくれている生粋のオヤジが。

オヤジの必須アイテムは、なんといっても無精髭でしょう。ファッション髭とやらは、本物のオヤジを語るには相応しくありません…ときっぱり言い切ってみたものの、整えられた髭も好きさ♪

人生に疲れたオヤジには、攻める気力などありゃしません。オヤジが攻めてはならんのです。それが私の基準値です。…と、ここか

PEARL MOON URL http://members.jcom.home.ne.jp/k-jin1/
PEARL MOON：綺月 陣公式サイト

ら先を語ってしまうとネタバレになりそうなので、あとがきから先に読む人のために、口を閉ざすといたしましょう。

　さてさて、今回のお話の舞台はスポーツ界です。以前からサッカーに興味はあったものの、書きたい！という欲求までには至りませんでした。それなのに一度スタジアムで観戦してしまったが最後、「彼らが輝いている瞬間と、堕ちてゆく姿の両方を書きたい〜！」と妙な方向に欲望が暴走してしまい、このような結果に。

　短い首を長く伸ばして、感想お待ちしております…びくびく。

　イラストの水名瀬雅良さま。麗しいカラー

と挿画に感無量です。ラフが手元に届くたび、仕事部屋で「かっこいい〜！」を連発し、別室の家族に不審がられてしまったほどです。和久田と槙野に最高の姿を与えてくださって、本当にありがとうございました。

今回かなりご迷惑をおかけしてしまった担当様にも、この場を借りまして一言。作中、不完全な箇所が多々あったにも拘らず、最後まで熱心にアドバイスをいただけましたこと、猛省すると同時に感謝の気持ちで一杯です。本当にありがとうございました。

私にしては珍しく、静かな展開のお話…本人比…です。ひとりでも多くの方に気に入っていただければ幸いです。

二〇〇五年　八月

綺月陣

一億二千七百万の愛を捧ぐ

SHY NOVELS141

綺月 陣 著

JIN KIZUKI

ファンレターの宛先

〒101-0065 東京都千代田区西神田3-3-9大洋ビル3F
(株)大洋図書 SHY NOVELS編集部
「綺月 陣先生」「水名瀬雅良先生」係

皆様のお便りをお待ちしております。

初版第一刷2005年9月28日

発行者 山田章博
発行所 株式会社大洋図書
〒101-0065 東京都千代田区西神田3-3-9大洋ビル
電話03-3263-2424(代表)
〒101-0065 東京都千代田区西神田3-3-9大洋ビル3F
電話03-3556-1352(編集)
イラスト 水名瀬雅良
デザイン Plumage Design Office
カラー印刷 小宮山印刷株式会社
本文印刷 株式会社暁印刷
製本 株式会社暁印刷

ISBN4-8130-1109-8

SHY NOVELS
好評発売中

黄昏に花が舞う

樹生かなめ　画／槇　えびし

千代田中央銀行のエリートコースからドロップアウト、子会社のビルカム・チヨダの業務課課長・岩井。特性、不能。そんな岩井の恋人は本社エリートで全女性社員憧れの的・小田原だ。個性豊かな部下と熱烈な恋人に囲まれ、岩井の愛しき日々は過ぎていくのだが!?

初　恋

水原とほる　画／片岡ケイコ

港町で育った多伎にはふたりの親友がいた。無口だが包容力のある洋人と、裕福な家庭に育ちストレートの愛情を表す隆晴だ。生まれも育ちもばらばらの三人だったが、多伎を中心に三人はいつも一緒にいた。だが、隆晴が多岐に気持ちを告げたとき、微妙な均衡が崩れてしまい…

世界の果てで待っていて —天使の傷痕—

高遠琉加　画／雪舟　薫

ある雨の日、黒澤の調査探偵事務所に美少年・奏がやってきた。行方不明になっている双子の兄を探してくれ、と。一度は依頼を断った黒澤だが、かつての同僚で現職刑事の雪人と協力し探すことになる。静と動。理性と本能。対照的なふたりにはある秘密があり!?

SHY NOVELS
好評発売中

誓いは小さく囁くように　榎田尤利　画／佐々成美

結婚も永遠の愛も信じていない、ウエディングプロデュース会社社長の若宮瑛児は、ある夜、酔っ払いを拾う。顔は可愛いが態度は実に可愛くない、スランプ中の天才マリエデザイナー・智夏だ。若宮の会社で住み込みのバイトをすることになった智夏だが、若宮とはまったく反りがあわなくて!?

エス　咬痕—かみあと—　英田サキ　画／奈良千春

拳銃押収のスペシャリストである警視庁の刑事・椎葉は、大物ヤクザである宗近をエス（スパイ）とし、自分の体を餌に情報を得ている。ある日、椎葉に命令が下った。それは同僚の刑事である永倉を援護するというものだ。もう一組の刑事とエス。そこに椎葉は自分と宗近を重ねてしまい!!

蘭闇館の虜囚　建築家・饗庭 蓮　和泉 桂　画／門地かおり

辱められ、穢されているのに気持ちいいなんて…　蘭闇館を調べるため秋沙島を訪れた唯は、そこで川神家の若き当主・正宗に、卑劣で復讐すべき存在として迎え入れられた。『屋敷にいる間は絶対服従する』正宗とそう約束を交わした夜から、唯は快楽を教え込まれることになってしまい…

あいつの腕まで徒歩1分
桜木ライカ　画／山田ユギ

元気が取り柄の大学生・朋彦には、今気になってしょうがない男がいた。ハンサムだけど無愛想で、しょっちゅう女を部屋に連れ込むエリート風サラリーマン・月村だ。まずは気持ちのいい挨拶から…朋彦は月村を社会人として躾けようとするのだが…。

貴族と熱砂の薔薇
遠野春日　画／蓮川　愛

常々アシフのことをライバル視していたバヤディカ王国の王サファドは、高級リゾート地で、恋人として竹雪を慈しんでいる姿にアシフの弱みを知り、ある肝計を企てた。今度こそアシフを跪かせてやる、そのために竹雪を自分のものにしてしまおう、と!!

ありのままの君が好き
樹生かなめ　画／雪舟　薫

「俺のぶーになれよ、幸せにしてやるから」人呼んで『ぶたごりら』の四天王寺寿杏はゴリラの巨体に乙女の心を持ち、父親が死んだら自分も死ぬと宣言するファザコン成人男子である。そんなぶたごりらの家に、美男子の若手弁護士・英が同居することになって!?

原稿募集

ボーイズラブをテーマにした
オリジナリティのある
小説を募集しています。

【応募資格】
・商業誌未発表の作品を募集しております。
（同人誌不可）

【応募原稿枚数】
・43文字×16行の縦書き原稿150—200枚
（ワープロ原稿可。鉛筆書き不可）

【応募要項】
・応募原稿の一枚目に住所、氏名、年齢、電話番号、ペンネーム、略歴を添付して下さい。それとは別に400-800字以内であらすじを添付下さい。
・原稿は右端をとめ、通し番号を入れて下さい。
・優れた作品は、当社よりノベルスとして発行致します。その際、当社規定の印税をお支払い致します。
・応募原稿は返却いたしません。必要な方はコピーをおとりの上、ご応募下さい。
・採用させていただく方にのみ、原稿到着後3ヶ月以内にご連絡致します。また、応募いただきました原稿について、お電話でのお問い合わせは受け付けておりませんので、あらかじめご了承下さい。

【送り先】

〒101-0065
東京都千代田区西神田
3-3-9 大洋ビル3F
(株)大洋図書
SHYノベルス原稿募集係

SHY NOVELS NEWS

近日発売のSHY NOVELS♡

※確実に手にいれたい方は、書店にご予約をお願いいたします。

●●●10月11日発売予定●●●

親友と恋人と　椎崎 夕

画・高宮 東

いつも隣にいるのが、
当たり前になっていた…

※このイラストは実際のイラストとは異なります。

祐一にはもれなく貴則がついてくる。坂下祐一と中司貴則は、学部は違うがいつも一緒にいる親友同士だ。お人好しな祐一を中司がいつもフォローしているのだ。だが、中司に好きな人がいると知ったとき、祐一はなぜか胸が苦しくなった。どうして？　そんな胸の痛みに気づかないふりをしていたのだが、ある誤解からすれ違い、中司から拒絶されるようになってしまい…!?　椎崎夕が贈るせつない恋の物語、登場!!

●●●10月下旬発売予定●●●

嘘と本音としょっぱいキス　桜木ライカ

画・樹 要

花嫁のピジョンブラッド（仮）　英田サキ

画・実相寺紫子

※発売は予告と異なる場合があります。詳しくは小社HP、b's gardenにてご確認ください。
また、HP内BOOK STOREでは小社作品を購入することもできます。ぜひ、ご利用下さい。

BOYS'LOVE 専門 WEB
b's-GARDEN

ボーイズラブ好きの女の子のためのホームページができました。
新作情報やHPだけの特別企画も盛りだくさん！のぞいてみてネ！

http://www.taiyo-pub.co.jp/b_garden/b_index.html

※この情報は2005年9月現在のものです。